高山本線の昼と夜

西村京太郎

祥伝社文庫

目次

第一章　父の死

1

緒方幸一の父親が死んだ。

いや、このいい方は正しくない。正確にいえば、緒方幸一の元父親が、死んだというべきなのだ。

その突然のしらせは、十年前に親子の縁を切ったはずの、緒方幸一のところに、届いたのである。

しらせてきたのは、岐阜県の高山警察署だった。

緒方幸一は、これまで一度も、高山にはいったことがなかった。どうして、その高山で、元父親の緒方幸太郎が死んでいたのか？　詳しいことは、実際に高山にいってみなければわからないだろう。

妻の慶子(けいこ)には、ごく簡単に話しただけで、緒方は休暇を取り、ひとりで新幹線「のぞみ」に乗った。

緒方幸一は、再婚である。今の妻、慶子とは、父親が自分たち家族を捨てたあと、つまり、幸太郎と幸一が親子の縁を切ったあとで結婚したので、慶子は幸太郎に会ったこともなければ、何ひとつしらないはずである。

だから、今、父親のことを慶子に説明し、理解してもらうことは難しいだろうと、緒方幸一は勝手に考え、今回は、ひとりで高山にいくことに、したのである。

名古屋(なごや)で新幹線を降りて、高山本線に乗り換(か)える。高山本線に乗ることも、緒方幸一にとっては、初めての経験だった。

高山本線の車内は、平日にもかかわらず、かなり混雑していた。

(意外に、若者の客が多いな)

と、思っただけで、緒方幸一には、それ以外の格別な感慨はなかった。

それよりも、父親がどうして高山で死んだのか、緒方幸一には、そのほうが気になっていた。

死んだ父親は画家だった。写生の好きな画家で、緒方幸一が覚えている限りでは、取材旅行だと称して、年中どこかに出かけていて、家にいることがほとんどなかった。父親は、一部の美術愛好家の人々からは天才といわれ、注目されてはいたものの、父親の描く絵は、まったくといっていいほど売れなかった。

フルネームの緒方幸太郎よりも、長男の緒方幸一がしっているのは、ローマ字のＯＧＡＴＡというサインのほうだった。

緒方幸一は、画家、緒方幸太郎の絵を何枚か見たことがあったが、その絵は、一部の愛好家に、ただ同然の値段で買われていったから、緒方幸一の手元には、父親の描いた絵は一枚も残っていない。

緒方幸一は、そのことを後悔もしていなければ、残念に思ったこともない。父親は、せいぜい、その程度の画家だったと、考えているからである。

緒方幸一が、名古屋から乗った高山本線の特急「ワイドビューひだ」は、高山止まりだった。高山駅で降り、駅前からタクシーに乗って、高山警察署に向かった。

今日は十一月の五日で、東京に比(くら)べると、さすがに、空気が冷たく感じられたが、それでも高山の町には、若いカップルや、家族連れの観光客の姿が目についた。

高山警察署に着き、受付で緒方幸一が名前をいうと、奥から自分より少し上の、四十歳くらいの、刑事が出てきた。名前を、木下(きのした)といった。

木下刑事が、黙って緒方幸一に頭をさげると、地下の霊安室に、緒方幸一を案内した。

その、薄暗い部屋に、白い布をかぶせられた遺体が、横たわっていた。

木下刑事が、ゆっくりと、白い布をめくっていった。

その下にあったのは、十年前に比べて、痩せてはいたが、たしかに、父親、緒方幸太郎の遺体だった。

二、三分の沈黙が続いたあとで、木下が、緒方幸一に向かって、

「お父さんの、緒方幸太郎さんに間違いありませんか？」

一瞬、どう答えようかとためらってから、緒方は、

「実は、十年前に両親が離婚をしています」

と、いった。

木下刑事は、そういうことには、あまり関心がないといった顔になって、

「とにかく、緒方幸太郎さんで、間違いありませんね？」

と、念を押した。

緒方幸一は、うなずくより、仕方がなかった。

「そうです。緒方幸太郎です。間違いありません」

木下刑事が、幸太郎の遺体を、再び白い布で覆った。

「どういう状況で、亡くなっていたんでしょうか？」

と、緒方幸一が、きいた。

「高山市内に高山祭屋台会館がありましてね。そこには、高山祭で使う神楽台などの屋台が展示されているのですが、緒方幸太郎さんは、昨日のお昼頃、その屋台会館のなかで、亡くなっていたんです。死因は絞殺です。高山警察署で、緒方幸太郎さんの所持品を調べたところ、身分証明証を持っていて、ほかには、こんな手紙が、ジャンパーのポケットに入っていたので、あなたに、連絡を差しあげたというわけです」

木下は、一通の封筒を、緒方幸一に渡した。

封筒の宛名には、

〈緒方幸一様〉


と、彼の名前が書いてあった。

なかの封筒には、便箋が、一枚だけ入っていて、それを広げてみると、たしかに、見覚えのある、あまりうまくない父親の字があった。

〈私が死んだら、私の息子、緒方幸一に連絡してください。私には、ほかに、身寄りがありません〉

とだけあり、ほかには、緒方幸一の現在の住所と電話番号が、書いてあった。

緒方幸一は現在、三鷹(みたか)に住んでいて、十年間父親の緒方幸太郎が、訪ねてきたことは一度も、なかった。だから、父親の幸太郎は、どこかで調べて、住所と電話番号を書いておいたのだろう。

この十年間というもの、一度も連絡を、してこなかった父親である。その父親が、自分が死んだ時に備えて、こんな遺書を、書いて持ち歩いていたのだ。

(自分勝手なものだな)

と、思いながら、緒方幸一は、その封筒を、自分のポケットに入れた。

幸太郎は、遺書を書いてから長い間、その封筒を持っていたらしく、封筒も中身の便箋も古く汚れていた。

このまま、父親の遺体を引き取るとなれば、妻の慶子に、これまでの経緯や現在の状況を、詳しく説明しなければならないだろう。その時には、この遺書も、見せる必要があるはずだ。

とにかく、父親の遺体は、緒方幸一以外に引き取り手がいないということなので、高山警察署宛てに、遺体の引き取り書のようなものを書かされた。

そのあとで、木下刑事が、警察署近くのカフェに案内してくれて、そこで、コーヒーを飲みながら、細かいことを、いろいろと説明してくれた。

木下刑事が、いう。

「こちらで調べたところでは、亡くなったあなたのお父さん、緒方幸太郎さんは画家だったようで、頻繁(ひんぱん)に屋台会館にきては、高山祭で使われる、神楽台などの屋台を、スケッチしていたようです」

「父は、売れない画家でした。亡くなった時ですが、父は、スケッチブックを持っていなかったのでしょうか？　外出するときは、いつも、必ず持っていたようなので」

と、緒方幸一が、きいた。

「ええ、お父さんは、その時もスケッチ中でしたから、もちろん、持っていらっしゃいましたよ」

と、木下刑事がいう。すぐには署に戻らず、カフェに一時間ぐらいいた。木下は死んだ緒方幸太郎のことを話したかったらしいが、緒方幸一が気乗りしないのを見て、高山の町について、いろいろ話してくれた。

その後、木下刑事は署に戻ると、緒方幸太郎、七十五歳が、亡くなった時の所持品を見せてくれた。

そこには、スケッチブックと、幸太郎が、昔から、いつもスケッチに使っていた4Bの鉛筆が数本、画家と作家の協会が出している身分証明証、現金三万六千円が入った財布、それに、安物の腕時計などがあった。

「これ以外に、所持品は、見当たりませんでした。これがすべてです」

と、木下刑事が、いった。

「緒方幸太郎は」

と、緒方幸一は、あえて父とは呼ばずに、きいた。

「いつから、この高山にきて、高山祭で使う神楽台などの屋台を、スケッチしていたんでしょうか?」

「その点ですが、こちらで調べたところ、今年の春頃からのようなのです。高山祭は、一年に、春と秋の二回おこなわれますが、その春の、高山祭の時から、緒方さんは祭りの様子を、スケッチしていたみたいですよ。それを、目撃した人がいますから、まず、間違いないと思います。それから半年あまり、緒方さんは、ずっと高山の様子を、描いていたようです」

と、木下刑事が、いう。

木下という刑事の話をきいていて、緒方幸一は少し、不思議な気がした。

緒方幸一がしっている画家としての父親は、とにかく、売れない画家だったからだ。その後、父親のことには、興味もなかったし、画家として急に有名になったとか、絵が、高く売れるようになったという話はきいていないから、今でも、相変わらず売れない画家だったのだろうと思う。

そんな貧乏画家の父親が、今年の春から、十一月の今日までの半年あまり、旅館住まいをしながら、絵を描いていたということが、緒方幸一には、どうしても信じられなかった。その間の生活費を、父親は、いったいどうやって、作ったのだろうかと考えてしまったのだ。

それに、所持品のなかに、三万六千円もの現金があったことも、緒方幸一にとっては、驚きだった。緒方幸一のしっている父親は、いつもせいぜい、数百円しか持っていないような、人だったからである。

「この半年間、緒方幸太郎は、こちらで、どんな生活をしていたんでしょうか？　私のしっている、緒方幸太郎は、まったく売れない貧乏画家でしたから」

「そのへんのところは、こちらでも、よくわからないのですが、とにかく緒方さんは、この半年間、下呂温泉の旅館にずっと泊まって、デッサンしたり、大きな絵を描いたりしていたようですね」

と、木下が、いった。

緒方幸一は、下呂温泉という名前はしっていたが、高山同様、下呂温泉にも、いったことがなかった。

ただ、全国的にも有名な、古い温泉地だということはしっていた。そんなところに、緒方幸太郎は、半年間もずっと、泊まっていたのだという。

緒方幸一が、どうしても不思議に思ってしまうのは、その間の宿泊代を、父親が、どうやって払っていたのかと、いうことである。

下呂温泉に、安いホテルや旅館があったとしても、有名な、温泉地である。半年間も、泊まるには、それなりの金が必要だったはずである。

緒方幸太郎は、その金を、どうやって工面していたのだろうか？

あれこれ考えていた時、緒方幸一の頭をかすめたのは、亡くなった父親が、この半年の間に大変な借金をしていて、それをすべて、緒方幸一がかぶることになってしまうのではないかという心配だった。もし、そんなことにでもなったら大変だぞと、緒方幸一は、それだけを心配した。

父、幸太郎の遺体は、高山市内で荼毘に付し、遺骨として持ちかえることに決めていた。

木下刑事が、高山市内の葬儀社に、連絡してくれるというので、その間に緒方幸一は、高山市内を歩いてみようと思った。

緒方幸一は現在、東京駅近くの、丸の内側にあるサンテクニックというコンピュータ会社の営業第一課長である。仕事が忙しく、ひとりで、あるいは、妻の慶子と二人で旅に出ることは、ほとんどなかった。

高山市内を歩いてみようという気持ちになったのは、初めて高山にきて、そうした欲求のようなものが、父親の死とは関係なく、起きてきたのだろう。

木下刑事とは、夕食を取ってから、もう一度連絡を取り合うということにして、緒方幸一はまず、父親が亡くなっていたという、屋台会館にいってみることにした。

屋台会館の広い建物は、緒方幸一が想像していたよりもずっと、立派だった。

二階建てになっていて、その広い空間のなかに、贅を凝らした、高山祭で使う神楽台などの屋台が何台も並んでいた。入場料を払って入ると、展示物や高山祭に関する説明を、イヤフォンできくことができた。

緒方幸一はこれまで、高山にきたことはなかったが、高山祭のことはしっていた。日本三大曳山(ひきやま)祭のひとつだということを、以前、何かの本で読んだ記憶があった。

屋台会館には、大きな屋台が、いくつも並べて展示してある。その屋台のひとつには、緒方幸一がテレビで見たことのある、からくり人形が、飾ってあった。

案内係のところにいって、昨日、この建物のなかで、亡くなった父親のことを、きいてみた。

案内係には二人の女性がいて、もちろん昨日の出来事を、覚えていたが、それ以上に、父親が、頻繁に、ここにやってきて、屋台を、スケッチしていた姿を、よく覚えているという。

「あの方が、初めてこちらにいらっしゃったのは、たしか、今年の春のお祭りのあとだったと思いますよ。それから、半年あまり、一週間に二日か三日くらいの割合で、スケッチをしにきていらっしゃっていました。当然、絵描きさんだろうとは思っていたんですが、お名前を、存じあげなくて」

と、申しわけなさそうな顔で、案内係の女性が、いった。

「その絵描きさんは、いつも、ひとりできていたんでしょうか？」

と、緒方幸一が、きいた。

「そうですね。私どもがしっている限り、いつもおひとりでした」

という返事だった。

その後、屋台会館を出ると、緒方幸一は、一休みしようと、近くのカフェに入った。

コーヒーを頼んでから、父親が残していったスケッチブックを、ぱらぱら見ていると、コーヒーを運んできた、中年のママが覗きこんで、

「失礼ですけど、昨日亡くなった、絵描きさんのお知り合いですか？」

と、声をかけてきた。

自分は、その絵描きの子供だと、答えるのがいやで、緒方幸一は、

「ええ、そうです。知り合いです」

とだけ、いった。

ほかに客がいなかったので、暇を持て余していたのか、ママは、近くの椅子に腰をおろすと、

「あの絵描きさんですけど、屋台会館でスケッチをしたあとなどに、よく、うちに寄ってくださって、コーヒーを飲んでいかれていたんですよ。昨日、屋台会館で亡くなったときいて、びっくりしました。お気の毒なことです」

「こちらにきて、コーヒーを飲んでいた時、何か話していましたか？」

と、緒方幸一が、きいた。

「あの方は無口な方で、自分からは、あまりお喋りにならない絵描きさんでしたね。でも、ある時、こんなことを、おっしゃっていましたよ。自分は、長いこと絵を描いているが、若い頃からずっと、売れないままだった。おそらく、あと何年も生きていられないだろうし、そんなに有名になることもないだろうが、今度、高山祭を描いて、その絵に賭けてみたいと、思っていると」

と、ママが、いった。

何でも一年かけて、高山祭の絵を仕上げ、日展に出すのだと、そういっていたらしい。

警察は、スケッチブックは返してくれたが、父親が描いていたという高山祭の絵は、ここにはないといわれた。それは今、いったいどこに、あるのだろうか？

「その絵描きさんですが、いつもひとりできて、ここで、コーヒーを飲んでいたんでしょうか？」

緒方幸一は、店のママに、きいてみた。

売れない画家である父親が、どうして半年も下呂温泉の旅館に泊まり続け、高山祭の絵を描くことができたのか、緒方幸一には、不思議だったからである。

「ええ、いつも、おひとりでしたね」

　と、いってから、店のママは、ちょっと考えて、

「でも、一度だけ、若い女性の方と一緒にお見えになったことが、ありましたよ。その時、ああ、この絵描きさんにも、お連れの方が、いらっしゃったんだなと思ったので、今でも、よく覚えているんですよ」

　と、いった。

「どんな女性でしたか？」

「そうですね。二十代の半ば、二十五、六歳くらいでしょうね。最初は、娘さんかなと思ったんですけど、よく見ると、あまり似ていらっしゃらなかったので、おそらく違うんでしょうね」

「それは、いつ頃のことですか？」

「つい最近ですよ。秋の高山祭の時だったと、覚えていますけど」

　と、ママが、いう。

「こちらに、よくきていた絵描きさんと、その女性とは、どんな関係に見えましたか？」

「あの日はお祭りだったから、お店には、お客さんが、多くて忙しかったんです。ですから、あまりよく見ていませんでしたので、どんな関係かはよくわかりませんけど、仲はよさそうでしたよ」

と、ママが、いう。

緒方幸一は、亡くなった父親が、その二十代の女性と、男女の関係にあったのかどうか、しりたかったのだが、そこまではきけなかった。ママのほうは、

「たしかに、仲は、よさそうでしたけど、ご夫婦には、見えませんでしたよ」

と、いうのだ。

結局、二人が、どんな関係なのかはわからなかったが、二人が、一緒にこの店にきたのは、その時一度だけだったというから、さほど親しい関係では、なかったのかもしれない。しかし、それなら二人は、どんな関係だったのか？

しばらく、ママと話をしてから、緒方幸一は、店を出て、駅近くの食堂で夕食を取ったあとで、高山警察署に、戻った。

木下刑事が、わざわざ、葬儀社の社員を呼んでくれていて、緒方幸一は、父親の遺体を荼毘に付すことの打ち合わせを、すませることができた。今日は、下呂温泉に泊まることを木下刑事に告げて、高山警察署を出た。

2

高山から下呂温泉までは、特急で一時間足らずの、距離である。

下呂温泉は、昔ふうの地味な温泉地だろうと、想像していたのだが、駅を降りてみると、川の両側に広がった、大きな現代ふうな温泉地だった。

緒方幸一は、駅のインフォメーションセンターで、緒方幸太郎という父親の名前を告げ、写真を見せて、

「この人は、春の高山祭の時から、半年間ずっと、この下呂温泉の旅館に泊まっていたんですが、その旅館を調べてもらえませんか」

と、窓口の女性に、頼んだ。

半年間も、泊まっていたということで、それほど、時間がかからずにわかった。

古い歴史を持つ〈水明館(すいめいかん)〉という旅館だと教えられ、緒方幸一は、タクシーでその旅館に、向かった。

タクシーがその旅館に着いた時、緒方幸一は、驚いた。

売れない貧乏画家の父親が、半年間も泊まっていたというので、小さな、古ぼけた

旅館を想像していたのだが、〈水明館〉はホテルふうなたたずまいで、下呂温泉でも、まず最初に名前が出てくるほど、有名な旅館だったからである。

それをしった途端に、緒方幸一は、半年間の宿泊代を、いったい誰が払っていたのかということが、また気になった。それを考えながら、フロントで名前をいい、緒方幸太郎の名前を告げた。できれば、同じ部屋に泊まりたかったのだ。

緒方幸一が、一泊だけの宿泊を告げると、フロント係は、部屋に案内してくれる代わりに、なぜか、

「今、女将(おかみ)を、呼んでまいりますので、申しわけありませんが、こちらで、お待ちいただけませんか？」

と、いう。

フロント係は、緒方幸一をロビーに案内して、椅子を勧(すす)め、コーヒーを頼んでくれた。

池に面した、広くて、いかにも、趣(おもむき)のあるロビーである。これだけを見ても、この〈水明館〉が、いかに格式のある旅館であるか、緒方幸一にもよくわかった。

池を見ながら、運ばれてきたコーヒーを飲んでいると、フロント係が、女将を連れてきた。中年の和服姿で、いかにも、老舗(しにせ)旅館の女将という感じの落ち着いた雰囲気

の女性だった。年齢から見て、いわゆる大女将だろう。

緒方幸一と同じテーブルに、向かい合って腰をおろすと、

「緒方先生の、息子さんで、いらっしゃいますね？」

と、大女将が、いきなり、いった。

緒方幸一は、先生といういい方にも、息子さんといういい方にも慣れていなくて、ちょっと戸惑いながら、

「ええ、まあ、そういうことになっていますが」

とはいったものの、自分でも、何か間の抜けた返事の仕方だなと、思った。

「このたびは、本当にご愁傷様でございました。突然、お父様の緒方先生が亡くなられて、ずいぶんと、お気を落とされていらっしゃるのではないかと、お察しいたします」

と、大女将が、いう。

「こちらに、半年もお世話に、なったそうですね？」

と、緒方幸一は、きいた。

緒方幸一にしてみれば、何といっても、それがいちばんの心配事だったので、まずは、そのことから、きいてみたのである。

大女将は、にっこりした。

「はい。先生は、春の高山祭の時から、私どものところに、ずっとお泊まりになっていらっしゃって、大作の絵を、描き続けていらっしゃいました」

と、いう。

「変なことをおききしますが、父は、こちらの宿泊代の支払いを、きちんとしていたんでしょうか？　そのことで何か、こちらにご迷惑を、おかけしていませんか？」

と、緒方幸一が、きいた。

大女将が、また笑った。

どうやら、緒方幸一の質問は、大女将にとって、間が抜けた質問だったらしい。

「その点は、ご心配になさらなくても大丈夫ですよ。もちろん、先生は、きちんと払ってくださっていましたよ。一カ月ごとに、精算してくださっていました」

と、大女将が、いう。

「その宿泊代ですが、父が、自分で払ったんでしょうか？」

と、緒方幸一が、きいた。それも、心配のひとつだった。

「緒方先生と一緒に、お見えになっていた若い女性の方が、いらっしゃいましてね。その方が、毎月十日になると、きちんと、払ってくださっていたんです。私は最初、先生の娘さんかと思っていたんですが、どうやら、違っていたようで、何といったらいいのかしら、先生の熱烈なファンといったらいいのでしょうね。その女性は、昔から緒方先生の絵が大好きで、今度、先生に一年かけて高山祭を、テーマにした大作を、描いていただきたいと思っている。それで、先生に創作に没頭していただけるような部屋を、お願いしますといわれたので、特別室をご用意させていただいたんです」

大女将は、

「緒方先生に、使っていただいたお部屋を、お見せしますよ」

と、特別室に、案内してくれた。

十階の、角にある広い部屋である。

特別室というだけあって、広い中庭がついていて、そこには、大きな露天風呂まであった。

三十畳ほどの畳の部屋には、絵の具がこぼれてもいいように、厚手のシートが、一面に敷きつめてあった。そこが、アトリエだった。

シートのところどころに、絵の具の跡があった。たしかに、父親はここで、絵を描いていたに違いない。

しかし、肝心の絵は、どこにも、見当たらなかった。円テーブルの上には、絵の具や、筆などが使われていたままの状態で、置かれているというのにである。

「父が描いていたという、高山祭の絵がありませんね？　どこか、別のところに、置いてあるんですか？」

緒方幸一がきくと、大女将は、うなずいて、

「そうなんですよ。ここには、置いていないんです。先生は、この部屋で、半年間ずっと、描いていらっしゃったんですけど、突然、絵がどこかに消えてしまったんです。あの女性の方が、持っていってしまったんだと思いますけど、先生も承知なさっていたんではないかと思いますので、私からは、何もいえませんでした」

「絵は、完成していたんですか？」

と、緒方幸一が、きいた。

「ええ、完成していましたよ。畳三畳分くらいある、五百号というサイズで、とても大きな絵でした。絵について、私は素人ですけど、そんな私が見ても、いい絵ができあがったなあと思えるほどの、それはもう、惚れ惚れするような、本当に素晴らしい絵です。緒方先生も、満足そうにしていらっしゃって、少しだけ手直しをして、来年の日展に出すんだ。この絵なら、絶対に賞が獲れるとおっしゃっていらっしゃいまし

たよ」

　と、大女将が、いう。

「今、女将さんがいわれた問題の女性ですが、どこの誰かわかっているんですか？」

　と、緒方幸一がきく。

「わかりません。先生は、よくしっていらっしゃるというので、安心していたんですが、その先生が、突然お亡くなりになってしまって、困っています」

「まったくわからないんですか？」

「ほとんどわかりません。この下呂温泉の人なら、ほとんどの人をしっているんですけど、あの女性のことは、まったくしりません。ですから下呂の人ではないと思いますよ。高山でも、市長さんや警察署長さんとは、親しくさせていただいているんですけど、高山にいって、会ったこともありません」

　と、大女将が、いう。

　緒方幸一は、父親の残したスケッチブックのなかに、女性の顔を描いたものがあったことを、思い出して、そのスケッチを大女将に、見てもらった。

「もしかして、父と一緒にいたという女性は、この人ですか？」

　緒方幸一が、そのスケッチを見せてきくと、大女将は、一目見てにっこりした。

「ええ、そうです。この女性です。間違いありません。さすがに、緒方先生ですね。彼女の特徴を、よく摑んで描いてあります。間違えようが、ありませんわ」

「それで、亡くなった父が、使っていた部屋の宿泊代ですが、いつまで、お支払いしてあるんでしょうか？」

と、緒方幸一が、きいた。

「今月の十日まで、払っていただいておりますよ」

十一月十日といえば、あと五日間である。その後、父親は、いったいどうするつもりだったのだろうか？　父親のスポンサーのように思える、三十代の女性が、払うことになっていたのだろうか？　それに、絵のことも気になった。

とにかく、今晩一晩、緒方幸一は、この〈水明館〉に泊まることにした。

大女将は、父親が泊まっていた特別室を、用意してくれた。

部屋に落ち着いたところで、緒方幸一は、妻の慶子に電話をかけ、簡単に父親のことを話して、高山で荼毘に付し、遺骨を、三鷹に持って帰ると告げた。

慶子は、そのことを怒っているのか、素直に受け入れているのか、わかったような、わからないような事務的な答えをして、電話を切ってしまった。

緒方幸一は、部屋に敷いてあった、厚手のシートを畳んでもらい、そこに、布団を敷いて寝ることにした。

十年前に家族を捨てて、どこかに行方をくらましてしまった父親である。その後は、どこで何をしているのか、消息を、しらせることもなかった父親である。したがって、今、その父親が死んだときかされても、悲しみはわきあがってこなかったし、遺体を、引き取ることになったことについても、正直なところ、面倒くさいなと、思っただけである。

この高山を訪れ、下呂温泉の旅館にきたりして、父親と関係した人たちの話をきいていると、亡くなった父親のほうから、緒方幸一に近づいてきたような気がしていた。

それに、ここに父親の描いた絵がそのまま残っていたら、あっさり帰京する気になったろう。

ところが、誰が、どこに、持っていってしまったのか、その絵が、見当たらないのだ。棘が、一本残った感じだった。

こうなると、なおさら、父親が描いた絵を、見たくなってくる。

とにかく、問題の女性に会って、父親の描いた絵を見せてもらいたかった。そんな気持ちが、ふつふつと湧いてきて、そのせいか、布団に入っても、なかなか眠れなかった。

3

緒方幸一は、夜明け近くなってから、ようやく眠ることができた。起きたあと、久しぶりに温泉に入って、一階で、朝食を取ることにした。

朝食は、大広間でのバイキングということになっていたが、大女将が、わざわざ個室を用意してくれたので、ゆっくりと食べることができた。

大女将も、亡くなった父親のことを、息子の緒方幸一と話したかったらしい。朝食のあと、お茶を飲みながら、この水明館にいた、半年間の父親の様子を、話してくれた。

「とにかく、緒方先生という方は、いつも物静かで、とても優しい先生でした。いつでしたか、私と娘の若女将の二人を、スケッチして下さったんですよ。これがその絵です」

大女将が、そのスケッチを、見せてくれた。

緒方幸一のしっているデッサンとは、かなり変わっていた。

泊まっていた、旅館の大女将や若女将をスケッチしたのだから、父親は、この水明館という旅館が、気に入っていたのだろう。

「実は、いろいろと事情があって、十年前に父とわかれてから、一度も、父とは会っていませんでした。ですから、最近の父が、いったいどんな画家だったのか、わからないのですよ。それでおききしたいのですが、父は、どんな絵描きに見えましたか？」

緒方幸一は、大女将に、きいてみた。

「緒方先生が、うちにいらっしゃってた時、有名な、美術商の社長さんが泊まっていらっしゃったんです。その社長さんが、緒方先生の絵や、先生が私と娘のことを描いてくださったスケッチを見て、この人はまだ売れていないが、間違いなく天才だと、おっしゃったんです。そのひと言で、いろんな方が先生の絵を見にこられて、皆さん口を揃えて、緒方先生は天才だと、おっしゃっていました。作品も、少しずつ、売れるようになってきたということでした。これも、美術商の社長さんがいっていたんですけど、緒方先生が、亡くなるようなことがあれば、彼の絵は、さらに人気になって、高くなるだろうって」

大女将がいった。しかし緒方幸一には、そんな話はなかなか信じられなかった。

何しろ、緒方幸一が子供の時から、すでに父親は、何十年にひとりの天才画家だといわれていたのだが、いつまでたっても、売れない画家だったからである。そんな父親の絵が、いくら父親が死んだからといって、急に高く売れるようになるとは、緒方幸一には、信じられなかったのである。

朝食をすませてから、緒方幸一はもう一度、高山にいくことにした。

大女将が、駅まで車で送ってくれた。改札口でわかれる時、緒方幸一が礼をいうと、

「東京でのお仕事がお忙しいでしょうが、近いうちに、ぜひもう一度、いらっしゃってくださいな。亡くなった緒方先生のお話を、息子さんのあなたと、ゆっくりとお話ししたいですからね。またお会いできることを、楽しみにしていますよ」

と、大女将が、いった。

その言葉は、お世辞には、きこえなかった。おそらく、大女将の目には、亡くなった父親は、本当に天才的な画家に見えていたに違いない。

下呂駅に着くと、ちょうど、特急がいってしまったところで、普通列車で、高山に向かった。

まず、高山警察署にいき、お世話になった木下刑事に礼をいい、昨日紹介してもら

った葬儀社にいき、それから、父親の遺体が荼毘に付されるのを、見守った。

その途中で、ひょっとすると、問題の女性が、現れるのではないかと、緒方幸一は期待したのだが、父親が小さな遺骨になっても、女性は、現れなかった。

緒方幸一は、すぐ三鷹に帰る気にはなれなくて、遺骨を、葬儀社に一時的に預かってもらい、高山市内を、もう一度、歩いてみることにした。

今日も、風は冷たいが、相変わらず観光客がたくさんいて、かなり多くの人が、高山の町を歩いていた。

緒方幸一は、昨日寄ったカフェにいった。もう一度、店のママと話をしたかったからである。

緒方幸一が店に入ると、あいにく、若いカップルの観光客がきていて、ママは、そのカップルの相手をしていたが、幸い三十分ほどして、二人が店を出ていった。ママは緒方幸一のテーブルにきて、一緒にコーヒーを、飲みながら話をした。

「どんな絵でした？　素晴らしい作品でしたでしょう？」

と、きかれて、緒方幸一は、えっという顔になった。

「緒方先生が、お描きになった高山祭の絵ですよ。来年の日展に出すと、先生は、私におっしゃっていたんですよ。その絵を、ご覧になったんでしょう？」

と、ママが、きく。

どう答えようかと、緒方幸一は、一瞬迷ってから、

「父は、その絵を、下呂温泉の〈水明館〉という旅館で、描いていたんですが、いつの間にか、絵が失くなっていたのです。ですから、まだ見ていないんですよ」

と、いった。

「絵が、失くなったというのは、いったいどういうことです？　緒方先生は、高山祭の絵を、自分では、最後の作品にすると、おっしゃっていたんでしょう？　いったい誰が、持っていったんですか？」

ママが、真顔で、いう。

「まだ断定はできないんですが、父と一緒に旅館にきたことがある、二十代の女性が、持っていったのだろうと、旅館の女将さんは、いっていましたよ。ママは昨日、その女性のことを、話してくれましたね」

「ええ、お話ししましたよ。ただ、一度だけしか、見たことのない女性です。ですから、緒方先生との関係が、よくわからないんです。娘さんでもないし、奥さんでもない。いったい、誰なんですかねえ。私も、気になっています」

「ひょっとすると、父の、スポンサーではなかったかと、思っているんです」

「スポンサー？」

「そうなんです。父は、絵さえ描いていれば、それだけで満足してしまうような人で、自分の絵を、高く売ろうといったようなことには、まったく関心のない人でした。ですから、死ぬまでお金には縁がありませんでした。たぶんこの女性は、そんな父に対して、資金的な援助をしていたのではないかと、思うのですよ」

「そういう意味のスポンサーね」

「それで、老舗旅館の特別室に半年以上も泊まっていられたし、この高山にも時々きて、スケッチすることもできたんだろうと思います。父ひとりだったら、そんなことは、できなかったはずですからね。その女性に会って、絵のことをきいてみたいのですが、どこの誰だかわからなくて、困っているんです」

「下呂温泉の旅館のほうでも、わからなかったんですか？」

「その女性は一月に一回、父の宿泊代を、払いにやってきていたそうですが、どこの誰だかわからなかったと、旅館の女将さんもいっていました。父がしっている人ということで、安心していたともいっていました」

「でも、緒方先生が亡くなったことは、もちろん、しっているはずですよ。新聞に出ていましたから。あの記事、まだどこかに、取っておいたはずだわ」

ママは、店の奥に入っていったが、すぐ、

「ありましたよ」

と、いって、夕刊を、持ってきてくれた。

たしかに、社会面の片隅（かたすみ）に載（の）った、小さな記事ではあったが、そこには、

〈緒方幸太郎画伯、高山祭屋台会館で急死〉


と、出ていた。

緒方幸一はさらに、父親が残した高山祭の絵を、どうしても、見たくなった。

こんな気持ちになるとは、まったく思ってもいなかった。緒方幸一は、父親の残したスケッチブックのなかにあった、問題の女性のスケッチを、ママに見せて、

「こちらのお店に、きたのは、この女性ですよね？」

「ええ、そうですよ、この人」

「この女性ですが、この高山の人だと、思いますか？」

「この近くの人なら、だいたいしっているんですけど、私のしらない人。一度だけ、会ってはいるんですけど、名前もしらない人」

と、ママが、いった。

「何とかして、この女性を、見つけることはできませんかね？　この女性以外に、父の絵を持ち去ったと思える人は、いないんですよ」

「今日中に、東京に帰るんですね？」

「そうですね。私は、サラリーマンですからね。いつまでも会社を、休んでいるわけにはいきません。今夜中に東京に帰って、明日は、会社にいこうと思っています」

「それなら、このスケッチを何枚もコピーして、市内の主なところに配って、彼女をしらないかと、きいてみることにしますよ。何か、わかるかもしれませんからね」

と、ママが、いった。

店にはコピー機がないので、彼女は、近くのコンビニにいって、問題の女性のスケッチを、五十枚コピーして戻ってきた。

第二章　東京（とうきょう）

1

『新岐阜タイムス』は、地方新聞としては大きいほうである。発行部数は十万部と称している。

『新岐阜タイムス』の東京支社は、東京の銀座（ぎんざ）裏にあった。雑居ビルが何棟か並んでいて、そのうちのひとつの二階に『新岐阜タイムス』の東京支社が入っていたが、社員は二人、場合によってはひとりの時もある。その程度の規模である。

支社長は現在、山部隆司（やまべたかし）、四十歳が務めており、東京には単身赴任である。

東京支社の主な仕事は『新岐阜タイムス』の広告主を一社でも増やすこと、新聞連載小説の作者と挿絵（さしえ）画家を、見つけることだった。

地方新聞では、大新聞のような高額な原稿料を払えないので、有名な作家や有名挿絵画家を使うことができない。そこで、東京支社の支社長である山部の仕事は、新人だが、将来性のある作家と、まだ名はしられていないが、そのうちにいい絵を描(か)くようになりそうな、そんな挿絵画家を見つけ出して、契約することだった。

東京には、そうした新人作家や新人の挿絵画家を世話してくれる会社がある。新人賞をもらったばかりの作家とか、あるいは、挿絵画家を志(こころざ)している画家の卵の名前が多数登録されていた。

山部は今回、ある雑誌の新人賞を昨年もらって、今年は、小説雑誌に短編小説を何本か書いているという三十歳の女性作家、菊地由香里(きくちゆかり)と、四十五歳の、何となく味のある絵を描く橋本誠(はしもとまこと)という画家と契約をした。

菊地由香里と橋本誠の二人は、もちろん、どちらも有名作家や有名画家というわけではないから、原稿料も画料も安い。山部は交渉し、何とか二人で、一回分を二万円で契約した。一回分（一日分）は原稿用紙三枚である。

この二人が小説を書き、挿絵を描いた連載が、今日の『新岐阜タイムス』の夕刊から始まった。

女性作家らしく、菊地由香里が書く新聞連載小説のタイトルは〈高山本線の女と男〉である。

橋本誠が描いた一週間分の挿絵は、山部が岐阜の高山にある本社に送り、手元にはコピーの挿絵一週間分が、机の上に積まれている。

今夜は、活字になった夕刊を作家の菊地由香里と、挿絵を描く橋本誠に見せて激励しようと思い、山部は二人を、夕食に招待していた。

とはいっても、有名な料亭に招待できるような予算は、東京支社にはないから、支社がある銀座裏の、サラリーマンがよく接待に利用する、山部も時々夕食を食べにいくフランス料理の店に、二人を連れていくことにした。

午後六時という時間と店の名前、場所を二人にしらせておいたので、山部は、六時少し前に東京支社を出て、フランス料理店に向かった。

こちらのほうも雑居ビルの一階と二階にあって、二階が個室になっている。山部は、こちらのほうを予約しておいた。

山部が店にいくと、挿絵画家の橋本が先にきていて、週刊誌を読んでいた。

橋本は、たしか四十五歳ときいていたが、その歳よりも老けて見えた。

橋本が画家を志したのは、十代の時だという。東京の美術大学を卒業したあと、さまざまな展覧会に作品を応募してきたが、運がなかったのか、橋本の画風が現代にマッチしていないのか、四十五歳になった今でも、どこの展覧会からも賞らしい賞はもらっていなかった。

それでも、橋本にしてみれば、新聞の挿絵のほうは、あくまでもアルバイトのつもりだろう。

顔を合わせると、山部のほうから声をかけた。

「今日の夕刊からいよいよ連載が始まりましたよ」

と、いって、東京支社で、プリントしてきた『新岐阜タイムス』の夕刊を、橋本に渡した。

「ああ」

と、いって、橋本は、ちらっと見ただけで、新聞のコピーを、テーブルの脇に押しやってしまった。

やはり、自分の本職は、あくまでも油絵であって、新聞の挿絵は、生活のために仕方なく描くアルバイトといいたげな表情である。

山部は、そうした橋本の態度を別に怒りもせず、

「菊地さんがきたら、食事にしましょう」

と、いった。

彼女がくるまでの間に、山部はビールを頼んで、橋本と二人、それを飲んでいることにした。

菊地由香里は、

「すいません、前の打ち合わせが少し長くなってしまって」

と、いいながら、二十分近く遅れてやってきた。

小柄で色白な由香里は、まだ三十歳と若いし、新人賞をもらってまだ二年目だから、画家の橋本みたいに生活に疲れた感じは、どこにも見られない。

独身だと本人はいっているが、本当のところは、山部にはわからない。その菊地由香里にも、夕刊のプリントを渡した。

「第一回を読みましたが、なかなか面白いですね。挿絵もいいですよ。これから先も、お二人には大いに期待していますから、頑張ってくださいよ」

と、山部は、お世辞をいい、彼女にもビールを注文してから三人で乾杯し、一階にいる店のオーナーに、料理を運んでくださいと声をかけた。

フランス料理とはいっても、この店で出しているのは、いわゆる日本の西洋料理といったようなものである。

画家の橋本は、夕刊のプリントをほとんど見ようともせず、黙々(もくもく)と箸(はし)を動かしている。

その点、若い菊地由香里のほうは、テーブルの上に夕刊のプリントを畳んで置き、それを見ながらの食事である。

由香里は、

「今度の小説ですけど、一回分の原稿料が二人で二万円ということで契約しましたけど、もし、私がベストセラー作家になったら、一枚いくらになるんですか？」

と、そんなことを、山部にきいてきたりする。

「あなたが有名になってしまったら、おそらく、うちのような弱小の地方新聞は相手にしてもらえないでしょうが、それでも、うちに書いてくださるというのなら、そうですね、一枚二万円ぐらいといったところですかね」

「それなら、一日分で六万円ということですね？」

「ええ、そういうことになりますね」

「それなら、今よりは、生活が少しは楽になりそう」

と、いって、由香里が、笑う。

画家の橋本のほうは、そんな山部と菊地由香里の会話にも、加わろうとせず、黙々と料理を食べている。だから自然と、山部と由香里二人だけの会話になっていった。

「私は、今回の連載のお仕事をいただくまで、高山というところにいったことがなかったんですけど『新岐阜タイムス』の本社って、高山市内にあるんですってね」

「そうです。ですから、あなたに高山を舞台にした小説を書いてほしいと、そうお願いしたんですよ。高山に本社がある新聞の連載小説なのに、まさか、九州が舞台の作品を書いていただくというわけにはいきませんからね」

と、いって、山部が、笑った。

山部は、二人に小説と挿絵を頼んだ時、OKの返事をもらったところで、二人を高山に招待して、作品の参考にしてもらおうと、町の様子を見てもらっている。取材である。

菊地由香里は、今日も繰り返しているように、その時に初めて、高山を訪れたといっていた。

それに対して、橋本のほうは、

「高山祭を見るために、高山には何回かいっていますよ」

と、山部に、いった。

「やはり、高山祭は、絵の題材として面白いですか？」

と、山部が、その時にきいた。

「ええ、たしかに祭りそのものよりも、豪華な屋台を描いてみたいと思うことがありますね」

と、橋本がいい、何かの展覧会に、春か秋の高山祭を描いて応募したことがあると、いった。

「その結果は、どうだったのですか？」

と、菊地由香里が、きいた。

橋本は、すぐには返事をせず、ちょっと間を置いてから、

「自分としては、なかなかの出来栄えで、それなりの自信があったのですが、残念ながら入選はしませんでしたね。どうやら私の絵は、現代的ではないらしい」

と、橋本が、いったのを、山部は、今でも覚えていた。

今回の菊地由香里の小説は、高山を舞台とした男女の恋愛物語で、当然、高山祭が出てくる。

「その時には、思いっきり、派手な挿絵をお願いしますよ」

と、山部が、橋本に、いった。

実は、橋本が高山祭を描いて、何とかという展覧会に応募したときいた時から、橋本がいったいどんな絵を描いたのか、一度見てみたいものだと、山部は、思っていた

のである。

そのことを山部が、橋本にいうと、

「今の話は、去年の話ですからね。それに、落選した絵を人に見せたって、仕方がないでしょう?」

と、ぶっきらぼうな口調が返ってきた。

食事のあと、橋本は、描きかけの絵があるのでと帰っていき、菊地由香里のほうは、山部ともう少し飲みたいと、いった。

山部が案内したのは、山部がよくいくバーである。

バーの名前は、〈たかやま〉で、ママは五十歳ぐらいだが、山部と同じ高山の出身で、単身赴任をしている山部が寂しくなって、何となく高山を思い出すと、その〈たかやま〉というバーにいくことが多かった。

ママと高山の話をしていると、単身赴任の寂しさが、少しは紛れるのである。

菊地由香里とは前にも二回ほど、打ち合わせのあとで飲んだことがあるが、かなり酒が強い。

「今日から、新しい小説の連載が始まったことだし、お祝いにシャンパンで、乾杯しましょうよ」

と、由香里が、いい、山部は、いつもならビールを飲むのだが、今日はいわれるままに、ママを入れて三人で、シャンパンで乾杯をした。

二人のほかに、店には客がいなかった。三人だけになってしまうと、どうしても高山の話になっていく。

由香里も連載小説の話が決まってから、山部が由香里や橋本を誘った以外にも、個人的に何回か高山に足を運んで、高山の空気を味わってきたらしい。したがって、高山の話になっても、三人の話は弾んだ。

そんななかで突然、由香里が、

「橋本さん、嘘をついている」

と、いい出した。

急に、そんな言葉が飛び出してきたので、山部は、由香里が、いったい何のことをいっているのかがわからなくて、

「橋本さんって、挿絵を頼んでいる橋本誠さんのこと？」

と、きいてしまった。

「ええ、そうです。私の小説の挿絵を担当してくれている、あの橋本さん」

と、由香里が、繰り返した。

「嘘って、橋本さんは、いったい、どんな嘘をついているんです？」

「橋本さんは、さっき、おととしの春の高山祭を見にいって、お祭りの絵を描いたっていってたでしょう？　あれ、嘘ですよ」

「どうして、嘘だってわかるの？」

「私、去年の秋の高山祭を、取材にいったんですよ。その時、橋本さんがスケッチブックを持って、高山の町を、うろうろしているところを見ましたけど、橋本さん、お祭りなんかちっとも見ていませんでしたよ。だから、お祭りの絵を描いたというのも、嘘じゃないかと思ったんです」

「しかし、そんなことで、嘘をついたって仕方がないでしょう？」

と、山部が、いった。

「ですから」

と、いって、由香里が、笑った。

「何とか展に高山祭の絵を出品したのが本当なら、落選したのが恥ずかしいもんだから、それで、去年のことではなくて、おととしのことみたいにいったんですよ。そういうところが、あの人、気が弱いというか、小さいというか」

と、いって、由香里が、また笑った。どうも彼女には、意地悪なところがあるらしい。

少し酔っぱらった菊地由香里を、タクシーに押しこんで帰宅させてから、山部は、東京支社に戻った。

山部は、支社の近く、歩いて十分ほどのところに、1Kの小さなマンションを借りているのだが、そこまで歩いていくのが面倒くさくなって、今夜は、東京支社に泊まることに決めていた。

新聞社だから、東京支社にも、突発的な大事件の時に備えて、仮眠するための寝具はあったし、そもそも山部は、何度も経験があったので、支社に泊まることには慣れていた。

来客用の応接室のソファに、横になり、毛布をかぶるようにして、目を閉じた。

山部は、現在四十歳。八年前に結婚して、子供がひとりいる。

だが『新岐阜タイムス』に、定年までいるつもりは、なかった。

といっても、別に新聞社に勤めることが、嫌いというわけではない。新聞記者という仕事は、どちらかといえば、好きである。山部が気に入らないのは『新岐阜タイムス』の社長である。

社長の名前は坂口という。高山で生まれ、大学は東京のM大学を、卒業してしばらく東京で働いたという。

東京時代、どこでどんな生き方をしてきたのかはわからないが、坂口社長は、東京で一財産を築き、生まれ故郷の高山に戻ってきて、小さな地方紙だった『岐阜タイムス』を買い取り『新岐阜タイムス』として、部数をどんどん伸ばしていった。

政治家とも親しく、会社を大きくするために、裏でいろいろと動いてもいたらしい。そのためか、坂口には、いくつか黒い噂(うわさ)があった。

とにかく、発行部数十万部という、地方としては大きな新聞社になり、今、坂口社長は次のターゲットとして、岐阜のテレビ局を自分のものにしようとして、何やら動き回っているようだった。

「俺は、岐阜の新聞とテレビを押さえて、メディアの帝王になる」

というのが、最近の坂口社長の口癖(くちぐせ)だった。

そんな口癖も、山部は気に入らないのである。

そんなことを考えているうちに、山部は、いつのまにか、眠ってしまった。

2

翌朝、山部がソファの上で、目を覚ました時、窓の外は、すでに明るくなっていた。

起きあがって時計に目をやる。

午前九時十五分。

今日は、たしか一月二十日だったなと思いながら、山部は洗面所にいって、顔を洗った。

この冬は、年が明けても、変に暖かい日が続いている。いつもだったら、この時期ともなると水が冷たいので、お湯で顔を洗うのだが、今日はまだ、冷たい水で顔を洗った。

その時、部屋の電話が鳴った。

「私は、まだ寝ていますよ」

と、ひとり言をいいながら、山部はタオルで顔を拭き、受話器を耳に当てた。

「はい『新岐阜タイムス』東京支社です」

と、いうと、

「橋本誠さんという人をご存じですか？」

と、男の声が、いきなりいった。

「橋本誠さんというと、画家の橋本誠さんですか？　その人ならしっていますが」

山部は、相手にきき直した。

「絵描きさんですか。ポケットのなかに『新岐阜タイムス』の夕刊のコピーが突っこんであったので、岐阜の高山の本社に電話をしたところ、橋本さんのことをしっているのは、東京支社のほうだというので、そちらに電話をしたんですよ」

と、相手が、いう。

どうやら、電話の男がいっているのは、昨日わかれた橋本誠らしい。

山部が、黙っていると、

「実は、こちらは四谷(よつや)警察署ですけどね」

と、男の声が、いう。

「四谷警察って、橋本さん、酔っぱらって何かやったんですか？」

と、山部が、きいた。

橋本誠という男は、日頃は大人しいのだが、酔っぱらってくると、急に人間が変わったようになって、突然、人を怒鳴(どな)ったりするところがある。おそらく、鬱屈(うっくつ)したものがあるのだろう。

だから、四谷警察署ときいた瞬間に、わかれたあとに、橋本はひとりでどこかで飲んで、酔っ払い、暴れて捕まったのではないかと思ってしまったのである。

「いや、橋本さんが亡くなったって、それ、本当ですか?」

「橋本さんが亡くなったって、それ、本当ですか?」

「本当です。四谷三丁目にある自宅マンションの近くで、倒れて死んでいたのですよ。それで、身元を確認してくれる人がいないかと思って、あちこちに電話をしていたところ、あなたにたどり着いたというわけです。お手数ですが、今からこちらにきていただけませんか?」

「こちらというのは、どこですか?」

「四谷警察署にきてください。橋本さんの遺体は、こちらに運んでありますから」

と、相手が、いった。

山部は、ぼうっとして、相手の話をきいていた。どうやら、昨日の酒が、まだ残っているらしい。

ただ、四谷警察署という言葉と、橋本誠が死んだということだけが、山部の頭に刻みつけられていった。

3

山部は、もう一度顔を洗い直し、ネクタイを締め直して、東京支社を出た。

地下鉄で四谷三丁目にいく。

四谷警察署の受付で身分証明証を見せると、奥から三十代くらいの若い刑事が出てきて、山部を地下に連れていった。

白い布に包まれて、橋本誠が、仰向(あおむ)けに寝かされていた。

「間違いありません。私のしっている橋本誠さんです」

と、山部が、いった。

いきなりだったので、驚きはあったが、不思議に、悲しい気持ちにはならなかった。橋本誠とは、それほど親しいというわけではなかったし、今回の仕事で、初めて挿絵を頼んだ相手が、橋本誠だったからである。

「とにかく、いろいろとお話をきかせていただきたい」

と、若い刑事が、いい、山部を一階の応接室に、連れていった。

女性警官が、お茶を出してくれた。喉が渇いていたので、そのお茶を一気に飲んで、山部は、少しむせてしまった。

「四谷三丁目の裏通りに、お岩稲荷があるのですが、ご存じですか？」

山本という刑事が、いった。

「ええ、もちろんしっていますよ」

と、山部が、うなずいた。

映画やテレビドラマで、四谷怪談にまつわる幽霊話を取りあげたりすると、お岩の霊を慰めるとして、タレントが、お岩稲荷にお参りにくるといったことも、山部は、何かの雑誌で、読んだことがあった。

彼自身は、お参りしたことはない。

「そのお岩稲荷の境内で、今朝の午前八時頃でしたが、中年の男性の遺体が発見されたのです。鑑識が調べてみると、後頭部を殴られたような形跡があったので、殺人事件として捜査をすることになると思います。被害者の身元を調べているうちに、山部さんにいき当たり、こちらにきていただいたというわけです。まず、おききしたいのですが、被害者と山部さんは、どういう関係ですか？」

と、山本刑事が、きいた。

山部は、昨日の夜の話をした。

「昨日からうちの新聞の夕刊で、新しい連載小説が、始まりました。その挿絵を描いてもらっているのが、橋本誠さんなんですよ。昨日の夜、作家の菊地由香里さんと三人で、会いましてね。食事をしながらお祝いをして、その時、お二人に夕刊のプリントを差しあげました。それが、橋本さんの上着のポケットに、入っていたのだと思います」

「新聞の挿絵のほうは、いつから頼んでいるのですか？」

山本刑事が、きく。

「今回が初めてです。挿絵をお願いすることになったので、橋本さんと知り合いましたが、その前には、まったく面識がありません」

「橋本さんが、お岩稲荷の裏のマンションに、住んでいたことは、ご存じでしたか？」

「それはしっていました。今回の仕事の打ち合わせで、橋本さんのマンションを、訪ねたことも、あります」

その時、山部が驚いたのは、橋本自身、画家として大成しようと一生懸命勉強しているが、一向に芽が出ず、絵が売れないと、いっていたのである。

それなのに、橋本が住んでいた四谷三丁目のマンションは、古いとはいえ、かなり高級そうな十階建てのマンションだった。

興味があったので、山部は、橋本に、

「ここの家賃は、かなり、高いんじゃありませんか？　一カ月いくらですか？」

と、きいたことがあった。

しかし、橋本は、笑うばかりで、答えなかった。

そのマンションの八階、２ＤＫの部屋に、橋本は、ひとりで住んでいた。

「山部さんは、橋本さんとは、たしか昨日、一緒に飲んでからわかれたと、いいましたね。その時のことを詳しく話していただけませんか？」

と、山本刑事が、いう。

「飲んだというよりも、正確にいえば、夕食を一緒にしたんです。先ほどもいいましたが、昨日からうちの『新岐阜タイムス』の夕刊で新しい連載小説が始まったので、菊地由香里さんという作家の女性と挿絵を描く橋本さん、そして、私の三人で、お祝いを兼ねて食事をしたんです」

「どこで、食事をしたんですか？」

「うちの東京支社は、銀座の裏手にあるんですが、その近くのフランス料理の店ですよ。そんなに、高級な店じゃありません」

と、山部は、いい、もうひとりの刑事が机の上に広げた銀座の地図を見ながら、その場所を示した。

「そのあとは、どうしたんですか？」

「食事のあと、橋本さんは、家に帰るというので、そこで、わかれました」

「それで、あなたは？」

「私は、まだ、時間が早かったので、菊地由香里さんと一緒に、近くのバーで飲みました。高山出身のママがやっている〈たかやま〉というバーですから、そこできいてもらえれば、私が、嘘をいっていないということがわかりますよ」

「もう一度確認しますが、わかれる時に橋本さんは、家に帰るといっていたんですね？」

「ええ、そうです。描きかけの絵があるのでといっていました。ですから私は、てっきり、家に帰るものだと思っていましたが、違っていたんですか？」

と、今度は、山部が、いった。

山本刑事の話では、自宅マンションに、朝帰りする途中、何者かに、襲われたとしか思えないという。

とすれば、わかれたあと、橋本は、どこかで誰かに会っていたのか？

「橋本さんですが、四谷三丁目のマンションには、ひとりで住んでいて、訪ねてくる人もいなかったと、管理人が、いっていました。橋本さんには、本当に家族とか、親しい人は、いなかったのですか？」

「それも、今回初めて、橋本さんと仕事をしたわけで、橋本さんの個人的なことについて詳しいことは、わかりません。あの人は画家ですから、画家仲間とはつき合いがあって、友人もいたと思いますね」

「橋本さんの年齢は、ご存じですか？」

「たしか四十五歳だと思います。そうきいていました」

「それならば、結婚していたと思うのですが、マンションに、ひとりで住んでいたようなのです。橋本さんの家族関係については、何かしりませんか？」

山本刑事にきかれて、山部は、困ってしまった。

「橋本さんとは、あくまでも仕事上のつき合いだけでしたから、橋本さんの家族関係とか、友人関係といったプライベートなことは、何もしらないのですよ。毎回遅れずに、挿絵を描いてくれれば、それでいいわけですから」

と、山部が、繰り返した。

「新聞小説の挿絵というのは、私には、どうもピンとこないのです。作家の人も一緒に、昨日は食事をしたということですが、作家の名前は、たしか——」

「菊地由香里さんです。三十歳の若い女性作家ですよ。去年、賞をひとつもらっています。若いですが、前途有望な小説家だというので、うちの新聞で、一年間の連載をお願いしたわけです」

「その菊地由香里さんと、殺された橋本誠さんとの仲はどうでしたか?」

「私が見る限り、特に仲がいいとか悪いとか、そういうことは、ありませんでしたね。ごく普通の作家と、挿絵画家との関係でした。それに、年齢も十五歳違いますしね。菊地さんは、新聞の連載小説を書けばいい。その原稿を私が橋本さんに渡して、橋本さんに挿絵を描いてもらう。そういう関係ですから、作家と挿絵画家との間には、直接の接触というのは、普段ほとんどないのです。今回も、一週間分の原稿を作者の菊地由香里さんが書き、その原稿のコピーを私が橋本誠さんに渡して、一週間分の挿絵を、描いてもらったということです」

と、いってから、山部は、これからが大変だということに、気がついた。

一週間分の原稿しかもらっていないし、挿絵も描いてもらっていない。そのあとをどうしたらいいのか。菊地由香里は、初めての新聞連載小説で張り切っているから、続きを書いてくれるだろう。

問題は、挿絵である。至急、橋本誠の代わりを見つけなければならない。

山部が、そんなことを考えていると、山本刑事が、

「昨日から始まった、おたくの新聞の連載小説ですが、タイトルは、たしか『高山本線の女と男』でしたね？」

「そうです」

「そうすると、作家の菊地由香里さんも、挿絵を描いた被害者も、高山には、何回か取材にいっているわけですね？」

「そうです。決まってから、私が、二人を高山にお連れしてご案内しました。その後、菊地さんも橋本さんも、原稿や挿絵の参考にするために、個人的に高山にいったことがあるようですが、そのあたりの詳しいことは、私にはわかりません。二人とも、私に断ってから高山にいったわけではありませんし、自分のお金でいっているわけですから」

と、山部が、いった。

「新聞の連載小説を始めるにあたって、菊地由香里さんと橋本誠さんに、きちんと書いてほしいとか、突然やめると困るといった、契約のようなものは取り交わしていたんですか？」

「最近は、契約のことが、いわれるようになりましたが、小説や挿絵の世界では、まだそこまではいっていませんから、今回も契約書のような、きちんとしたものは取り交わしていません。私のほうから考えれば、小説が面白くて、絵がうまければ、いいわけですから」

と、山部が、いった。

「作家の菊地由香里さんですが、彼女の住所と電話番号を教えてもらえませんか？彼女にも話をきいてみたいので」

と、山本刑事が、いった。

山部は、手帳を広げると、そこに書いてあった菊地由香里のマンションの名前と住所、そして、携帯電話の番号を、山本刑事に教えた。彼女のマンションは、中野である。ひとりで住んでいるときいたが、本当のところはわからない。

最後に、山本刑事は、

「橋本さんが殺されたことについて、何か思い当たることはありませんか？　もし、あったら、どんなことでも結構なので、話して下さい」

「今も申しあげたように、橋本誠さんとの関係は、毎日夕刊の小説に、挿絵を描いてもらう。ただそれだけですから、思い当たることといわれても、まったくないのです」

と、山部が、いった。

4

山部が東京支社に戻ると、社長の坂口から電話が入った。

「いったい、どうなっているんだ？」

と、いかにも坂口らしく、きいてくる。

「今回の連載小説の挿絵をお願いしていた挿絵画家の橋本誠さんが、今朝早く自宅マンションの近くで、死体となって発見されたそうです。四谷警察署では、殺人事件として捜査を始めるようで、私も警察に呼ばれて、橋本さんの身元確認と、昨日から始まった連載小説についていろいろと話して、今帰ってきたところです」

「さし当たって、新しい挿絵画家を見つける必要があるだろう？　見つかりそうか？」

と、坂口が、きいた。

「その点は、大丈夫だと思います。まだ一週間ありますから、その間に、見つかるでしょう」

「いいか、本社としては、作者と挿絵こみで、一回二万円、それ以上は、絶対に払えないからな」

と、いって、坂口は、さっさと電話を切ってしまった。

坂口のこういうところも、山部には気に入らない。

挿絵を頼んだ橋本とは、たしかに、個人的なつき合いはない。

しかし、こちらの新聞に一年間、挿絵を描いてもらうことになった人である。その人が殺されたのだから、少しは、橋本のことを心配するのが社長としては、当然の振る舞い方なのではないのだろうか？

そんなことを考えていると、また腹が立ってきた。

とはいっても、とにかく、新しい挿絵画家を、見つけなければならない。山部は、画家のクラブに電話をして、挿絵の仕事をしてもいいという画家を、探してもらうことにした。

　電話をかけているその間に、突然、外から電話が入ってきた。切り替えると、

「菊地です」

　と、女の声が、いった。

「橋本さんが、突然、亡くなってしまいましてね」

　山部が、いうと、

「ええ、しっています。今、警察から電話があって、いろいろときかれました。私は別に、どうということはないんですが、山部さんは、新しい絵描きさんを、探さなくてはならないので大変でしょう？」

　と、由香里が、いう。

「今ちょうど、探しているところです」

「見つかりますか？」

「絵がうまいのに売れない絵描きさんは、たくさんいますからね。新聞小説の挿絵の仕事ならやってもいいという人は、いるでしょう。だから、すぐに見つかると思いますよ。それより、あなたは大丈夫ですか？　連載が始まってすぐ、いきなりこんな事件が起きて、連載小説はもう書きたくないなんて、そんなことはいわないでください

よ。面白くなりそうで期待しているんですから」

と、菊地由香里を、励ましてから、山部はもう一度、新人作家や挿絵画家を世話してくれる会社に電話をすることにした。

その日の夕方までに、何とか橋本誠のあとを引き継いで、描いてくれるという画家が見つかった。

新田という名前で、偶然にも、殺された橋本とは、美術大学の同期生だという。新田も、一向に絵が売れないので、いろいろなアルバイトで、生活をしのいでいるという。だから、一年間、挿絵を描くことになれば、少なくともその間、生活が安定するといって、電話の向こうで喜んでいた。

その新田一樹と、翌日、西新宿のカフェで会った。超高層ビルの三十六階にあるカフェである。

「とにかく、昨日お約束したとおり、一回分作家とこみで二万円、それで一年間お願いします。それから、亡くなった橋本さんが、一週間分の絵を描いていたので、あと五日分のストックがあります。ですから、新田さんは、そのあとを描いてくだされば オーケイです」

山部は、コーヒーを飲みながら、まずは事務的に話をすすめた。

新田は、

「今まで雑誌の挿絵は描いたことがありますが、新聞の挿絵は、一度も描いたことがないんですよ」

と、いって、山部に、いろいろと質問をしてきた。

山部が答えると、新田は、それを、盛んにメモしている。

「連載小説のほうは、こちらも一週間分をまとめて、私が作家の菊地由香里さんから受け取って、コピーを新田さんにお渡しします。ですから、取りあえず、一週間分ずつの挿絵を描いてくだされればいいのです」

「しかし、橋本が描いた最初の一週間分の絵とは、どうしても、絵のタッチが違ってしまいますよ。それでもいいんですか？」

「それは構いません。紙面で、橋本さんが亡くなったことを告知しますから、挿絵を描く絵描きさんが代わることは、読者にも、わかるはずです」

と、山部が、いった。

そのあと二人の会話は、自然に、橋本の話題になった。新田のほうが、美術大学時代の同期生だから、山部よりも詳しく、いろいろと、橋本のことをしっている。

「これは、橋本さんとも話したんですが、画家というのは、描いた絵が売れるようになるには、大変なんだそうですね？」

と、山部が、いった。

新田が、笑って、

「それは、仕方がありませんね。世界的に有名な画家だって、絵が売れるようになったのは、亡くなってからという人が多いですからね。生きている間は、絵が売れず、みんな、食うや食わずの貧乏をしていたんです」

「新田さんは、橋本さんと美術大学の同期生だったそうですが、同期生は、何人くらいいるのですか？」

「最初の頃は、四十人くらいはいましたかね。でも、途中で挫折してやめてしまった者もいて、今でも絵を描いているのは、おそらく五、六人くらいのものでしょう。そのうちでも、職業として何とか成り立っている画家は、せいぜいひとりか二人じゃありませんか」

と、新田は、寂しいことをいう。

「絵が売れるというのは、どういうことなんですか？　あなたの絵も見ましたし、橋本さんの絵も見たことが、あるんですが、素人の私なんかから見ると、どちらもうまい絵ですよ。それなのに、なぜ、絵が売れないんでしょう？」

山部がきくと、新田は笑った。同じような質問を、時々受けているのかもしれなかった。

「いちばんわかりやすい理由は、時代じゃないですかね。その時代が、僕の絵を要求していなければ、いくら描いたところで一枚も、売れません」

と、新田が、いった。

「今回の連載をお願いした小説家の菊地由香里さんという女性なのですが、彼女も、同じようなことをいっていましたね。いい小説だからといって、それが売れるとは限らない。ある日突然、何の理由もなく売れるようになる。彼女は、そんなふうにいっていましたが、絵も同じですか？」

「たしかに、似ているといえば似ていますが、絵のほうが、さらに、難しいんじゃないですか？　小説なら、今度の地方新聞みたいに、発表する舞台がたくさんあるわけですが、絵は、そういうものが、ほとんどありませんからね。例えば、日展に、毎年のように応募するとか、自分たちでグループを作って、個展を開くとか、絵の世界には、そういうことしかありませんからね」

と、新田が、いう。

橋本が、そうだったように、新田にも、いつか必ず、有名になりたいという強い気持ちはないらしい。

そのことを、山部がいうと、新田が、また笑った。

「いや、僕にだって、有名になりたいという野心はありますよ。しかし、美術大学の時を含めると、かれこれ三十年近く、絵を描いていますからね。これだけ、絵が売れないでいると、だんだんと、諦めの境地になってしまうんですよ」

と、新田が、いった。

「しかし新田さんも、日展なんかには、毎年作品を出しているんでしょう？　橋本さんにきいたら、彼も日展には必ず、出すといっていましたから」

「橋本は、よくやっていましたよ。努力もしていたし、野心も、持っていましたね。その点、僕のほうは、半ば諦めていますからね」

と、新田が、いった。

それでも、話をしていると、新田も、画家を志してから二年間、フランスのパリにいたことがあるという。

「まだ二十代の若い頃でしたけどね。当時、画家志望だった若者は、誰もが日本のピカソになることを、夢見て、フランスで修業したり、アメリカに、いったりして、世界中を回ることが、多かったんですよ。橋本だって若い頃は、たしかニューヨークに何年か住んでいたんじゃなかったですかね？　いつだったか、彼から、そんな話を、きいたことがありますよ」

「橋本さんは、ひとりでマンション生活をしていましたよね？　結婚はしていなかったんですか？」

「僕には、絵が、売れないのに結婚なんてできるわけがない。女房や子供を食わしていく自信がない。だから、一度も結婚したことはないと、いっていましたよ。でも、それが、本当かどうかはわかりませんけど」

「橋本さんは、四谷三丁目のマンションに住んでいたのですが、あそこは、かなりの高級マンションですよ。気になって調べてみたら、たしか家賃が二十万から三十万は、するみたいです。絵が売れないというのに、どうしてこんなマンションに住めるのかと、一度、橋本さんにきいたことがあるんですよ。でも、橋本さんは、笑っているだけで、何も答えてくれませんでしたけどね。新田さんは、あのマンションにいったことがありますか？」

　と、山部が、きいた。

「ええ、何回もいっていますよ。いつだったか、あの近くで橋本と一緒に飲んだ時、飲みすぎて酔っぱらってしまって、泊めてもらったこともあります。たしかに、山部さんが、おっしゃるように、私なんかには、贅沢なマンションですね」

「実は、警察にも、いろいろと、きかれたんですよ。橋本さんについて、しっていることがあったら、何でもいいから話してくれと、いわれました。私は、今回の仕事を通じて初めて、橋本さんのことをしったので、彼のことは、ほとんど何も、しらなくて、今もいったように、住んでいたマンションが、立派だということぐらいしかわからないのです」

新田が、ふと、いった。

「たぶん、橋本には、スポンサーがいたんでしょう」

「スポンサーですか？」

「どこかに、金持ちがいて、橋本の描く絵に、惚れたのかもしれません。生活の面倒はすべて見てやるから、君は、いい絵をたくさん描いてくればいい、みたいなことをいってくる、そんなスポンサーが、たまにはいるんですよ。橋本に、そういうスポンサーがいたかどうかはわかりませんが、いたとしても不思議はありませんね」

「新田さんは、高山には、まだ、一度もいったことがないと、おっしゃっていましたね？」

「旅行は、好きなんですが。残念ながら、高山には、一度もいったことがないんです。ですから、今回の挿絵を描くにあたって、近いうちに一回いってこなければいけないと思っているんですよ。さっそく、明日にでも、いってきますよ」

と、新田が、いう。

「それなら、ぜひ、ご一緒しましょう。今回の事件について、高山本社の社長に、報告をしなければならないので、ちょうどいい。一緒にいきましょう」

と、山部のほうから誘った。

5

翌日、東京駅で落ち合った。

新幹線で名古屋までいき、高山本線に乗り換えて、特急「ワイドビューひだ」に乗った。

高山本線は、相変わらずの単線だし、電化されていないが、若いカップルで、かなり混んでいた。

それだけ、高山という町には、若者を惹きつける何かがあるのだろう。

特急「ワイドビューひだ」を高山で降りる。終着駅にしては小さな駅である。

しかし、その駅は相変わらず、若者で賑わっている。

このところ、暖かい日が続いていたのだが、昨日から、急に冷えこんで、高山駅で降りると、小雪がちらついていた。本降りになれば、この冬初めての雪ということになる。

幸い、雪は本降りにはならず、歩いているうちに、空も明るくなってきた。

ただし、風は、かなり冷たい。

スケッチブックを抱えながら、観光客がよくいく上三之町を歩く。

「古い街並みが、この高山の売りなんでしょうね」

新田が、そんないい方をした。

意地の悪いいい方だが、たしかに、高山という町は、古さが一番の売りかもしれない。

途中で、山部は、新田を高山市内にある『新岐阜タイムス』の本社に連れていき、社長の坂口に紹介したあと、社の車を借りて、市内を案内することにした。山部は、慣れているのだが、新田は、高山の風の冷たさに、参っていたからである。

山部と新田が、車で高山の町を回っている頃、東京の四谷警察署では、捜査会議が開かれていた。

第三章　いかの丸干(まるぼし)

1

山部は、画家の新田を連れて、高山の屋台会館を案内した。

天井が高い展示室があり、そこに、高山自慢の巨大な屋台が四台と、少し小さめの神楽台が一台、展示されている。

この日、屋台会館にいた客は、数人だった。その数人の観光客が消えてしまうと、展示室には、山部と新田の二人だけになった。

「高山祭の屋台を見るのは、今日が初めてですか？」

と、山部が、きいた。

「いや、そういえば、春の高山祭の時にきているんですよ。その時に、この大きな屋台を見たことがあります」

と、新田が、いう。

山部は、ちょっと変な気がした。

新田は、昨日は、今回の新聞連載小説の挿絵を描くにあたって、今までに、一度も高山を訪れたことがない。たしかそういうので、山部は、高山の屋台会館に連れてきたのである。

それなのに、新田は、春の高山祭を見ているという。

しかし、山部は、別に腹は立たなかった。たぶん、新田は、山部と話をしている時には、高山祭にきたことを忘れてしまっていたが、ここにきて思い出したに違いない。

その時、二人の男が、屋台会館に入ってきた。

二人とも、どう見ても観光客には思えなかった。

山部には、そのひとりのほうに見覚えがあった。

橋本の遺体を確認するため、四谷警察署へいった時に会っていた。たしか十津川という警視庁捜査一課の警部のはずである。

その男と目が合うと、向こうも、山部のことを覚えていたらしく、軽く頭を下げ

て、

「たしか、山部さんでしたね？　警視庁捜査一課の十津川です」

と、いう。

「ええ、もちろん、よく覚えていますよ。今日はわざわざ、東京から高山祭の屋台を見にいらっしゃったんですか？」

と、山部が、きいた。

「観光にきたわけじゃありません。仕事できました」

と、十津川警部は律儀（りちぎ）に弁明してから、一緒の男を、

「こちらは、地元の警察署の渡辺（わたなべ）刑事です。今日は、渡辺さんに高山の町を案内してもらうことになっています」

と、紹介した。

山部も、同行している新田を、二人の刑事に紹介した。

「こちらは、東京で亡くなった橋本誠さんに代わって、今度うちの新聞で、連載小説の挿絵を描いてもらうことになった、新田一樹さんです」

新田も、二人の刑事に向かって軽く頭を下げると、

「ひょんなことから、友人の橋本に代わって『新岐阜タイムス』の、連載小説の挿絵

を描くことになりました」

「そうですか、新田さんは、亡くなった橋本さんと、お知り合いですか？」

と、十津川が、きいた。

「私と橋本とは、同期で美術大学を卒業しています。お互いに、いい絵を描きたいと思っているんですが、二人ともなかなか売れなくて。ですから、一年間、新聞連載小説の挿絵を描かせてもらえるのは、本当に助かります」

と、新田が、いった。

山部は、二人の刑事とは、この場でわかれるつもりだったが、渡辺刑事が、

「この近くでお茶でも飲みながら、お二人と、いろいろとお話をしたいと思いますが」

と、いう。

お茶でも飲みながらと、渡辺刑事はいったが、本当のところは、高山で起きたという殺人事件と、東京で起きた殺人事件について、山部たちが何かしっていることがあれば、それをききたいというのが正直な気持ちだろう。

そう考えると、渡辺刑事の申し出を、無下に断るわけにもいかないので、山部は、

「もう少しで見終わりますから、そのあとでよろしければ構いませんよ」

と、応じた。

この後、十五分ほど、屋台会館のなかを見学して、近くのカフェに向かった。

二階に個室のある、洒落た感じのカフェである。山部が、案内をする形でその個室に入り、それぞれが、コーヒーや紅茶を注文した。案の定、渡辺刑事が、すぐ事件に触れた。

「さっきの屋台会館で、緒方幸太郎という画家が亡くなりました。殺人事件です。その後、東京で、橋本誠という画家が殺される事件が起きているんですが、高山署では、何らかの関係があるのではないかと見ています」

「警視庁は、どうなんですか？」

と、山部が、十津川を見た。

十津川は、あくまで慎重に、

「今のところ、関連があるのかどうかは、まったくわかりません。二つの事件を、結びつけるものが見つかっていません。ただ、屋台会館で死んでいた緒方幸太郎さんは、あとで調べたところ、東京で亡くなった橋本誠さんの、美術大学の先輩だということがわかりました。これだけでは、二つの事件に関連があるとはいえないかもしれませんが、それでも、少し気になることではあります」

山部は、ちらりと、新田に目をやって、

「新田さんは、東京で殺された橋本さんとは美術大学で、同期だったといわれましたね？　そうなると、新田さんも当然、緒方幸太郎さんの美術大学の後輩ということになるわけですね？」

「ええ、たしかに緒方幸太郎さんは、美術大学の先輩ですが、年齢もかなり違いますから、別に、親しかったというわけではありません。ただ、緒方幸太郎さんの画風は好きでしたね。自分でもいつか、緒方幸太郎さんのような絵を描けるようになりたいと、今でも緒方幸太郎さんに憧(あこが)れています」

「緒方幸太郎さんとは、まったく親交はなかったんですか？」

と、渡辺刑事が、きく。

「同じ美術大学を出たといっても、緒方幸太郎さんは、私より二十年近くも前の卒業生ですからね。今も申しあげたように、緒方幸太郎さんの絵は好きでしたが、緒方幸太郎さんとお会いしたこともありません」

と、新田が、いう。

「東京で亡くなった橋本さんも、新田さんと、同じようなことをいっていましたね。緒方幸太郎という画家は、特異な画風が特徴で、一部の人たちには、若い頃から天才だといわれてきたが、その特異な画風が受け入れられず、不遇な時代が長かった。それが最近になってようやく世間から認められ、絵も売れるようになってきた。亡くなった橋本さんも新田さんも、緒方幸太郎さんの画風が好きで憧れていたというなら、緒方幸太郎さんがやっと世間に認められるようになったことを、喜んでいたんじゃありませんか？」

山部が、新田に向かって、いった。

「ええ、もちろん、緒方幸太郎さんが認められるようになって、よかったと思っていましたよ。これから、緒方幸太郎さんの時代がくるのではないかと思っていたので、緒方幸太郎さんが、亡くなったときいた時はショックでした。緒方幸太郎さんという人は、とことんツいていない人だなと、思ったことを覚えています。何しろ、これからという時でしたから」

と、新田が、いった。

「たしか、緒方幸太郎さんは、五百号の大きな『春の高山祭』の絵を描いていたが、その大作が行方不明になってしまったときいたんですが、本当ですか？」

新田が、二人の刑事に向かって、きく。

十津川は、その絵についていては、まったく門外漢なので黙っていると、渡辺刑事が、

「今、高山署では必死になって、その五百号の『春の高山祭』と題した絵を捜しているところです。緒方幸太郎さんのその絵を奪った人間が、緒方幸太郎さんを殺した可能性もありますからね」

と、いった。

「それで、山部さんのほうは、どうなんですか？」

と、今度は、十津川が、きいた。

「どうといいますと、いったい何がでしょうか？」

「山部さんは、こちらの地元紙である『新岐阜タイムス』にお勤めなんでしょう？」

「ええ、そうです」

「地元の新聞をやっていれば、問題の絵についての情報も、いろいろと入ってくるんじゃありませんか？」

「たしかに、私は『新岐阜タイムス』の人間ですが、現在は本社ではなく、東京支社の人間ですから、私のほうには何も入ってきませんよ。ただ、十津川さんがいわれたように、うちの新聞は、地方紙としては大きなほうですから、高山の本社には、いろいろな情報が入ってくるようです。しかし、その五百号の絵が、見つかったというしらせがないところをみると、その情報も、役に立つものは少ないようですね」

「緒方幸太郎さんは、その絵を下呂温泉の旅館で、描いていたときいたんですが、本当ですか？」

と、新田が、今度は山部にきいた。

「ええ、本当の話です。緒方幸太郎さんには、どうやら有力なスポンサーがついていたみたいでしてね。『春の高山祭』の絵を描くにあたって、そのスポンサーが、絵が完成するまで、緒方幸太郎さんの経済的な面倒をすべて見ていたという、そういう噂が高山市内に流れています。ただ、そのスポンサーがどういう人物なのかは、よくわかっていませんが」

と、山部が、いった。

「そうすると、問題の絵は、もともとは下呂温泉の旅館にあったわけですね？」

と、十津川が、山部にきく。

「そうです。旅館が特別室を提供して、そこをアトリエ代わりに使って、緒方幸太郎さんは『春の高山祭』の絵を描いていました。緒方幸太郎さんが亡くなる直前には、完成していたと、旅館の人が証言しています。ただ、いつの間にか、その五百号の大きな絵がなくなっていて、緒方幸太郎さん自身は、屋台会館のなかで殺されていたんです」

「それでは、最後に、問題の絵があったのは、下呂温泉の旅館ということになりますね？」

「そういうことになりますね。旅館の社長も大女将さんも、緒方幸太郎さんの仕事を全面的にバックアップしていて、特別室を提供したりしていましたから、緒方幸太郎さんの絵が完成することを、誰よりも、心待ちにしていたそうです。ですから、お二人とも必死になって、その絵を探しているのではないかと思いますね」

と、山部が、いった。

「その絵はいったい、どのくらいの値打ちが、あるものなんですか？」

渡辺刑事が、山部と新田に、きいた。

新田は、

「実際に、その絵を見ていないので、はっきりしたことはいえませんが、最近、緒方幸太郎さんの絵は、関係者の間で大変評判がいいんです。以前のような特別な絵という感じがなくなって、多くの画商にも認められる絵になりました。その上、今回の作品は五百号という大作ですから、そうですね、おそらく、最低でも億単位の値段がつくんじゃありませんか」

と、いった。

「億単位ですか。それはすごいですね」

と、渡辺がいうと、山部も、

「これは、うちの文化部の人間が調べたんですが、緒方幸太郎さんが亡くなっていますからね。絵というのは、それを描いた人間が亡くなると、価値が、ポーンとあがるものなのだそうですよ。もう二度と、その画家が作品を、描くことができませんからね。私は、その絵を見ていないのですが、社の人間で何人か、下呂温泉のその旅館にいって制作中の絵を見ているんです。その記者たちにきくと、誰もが素晴らしい絵だ、傑作だといって称賛していましたね。緒方幸太郎さんは、絵が完成したら日展に出すことにしていたそうですから、もし、絵が発見されて、それが、日展に出品されて入賞したら、今、新田さんがいった値段の、おそらく二倍か三倍にはなるんじゃありませんか。そのせいで、絵のことにあまり詳しくない人間までが必死になって、緒方幸太郎さんの消えた『春の高山祭』の絵を探しているようです。もし、見つかれば大きなニュースになりますね」

と、いった。

「緒方幸太郎さんが描いた、その絵のことなんですが、あなたは、同じ絵描きさんなんだから、いろいろと、噂をきいていたんじゃありませんか？」

と、十津川が、新田にきいた。

「今も申しあげたように、緒方幸太郎さんは、美術大学の大先輩ですが、お会いしたことはありません。ただ、緒方幸太郎さんの絵は好きでしたから、問題の絵が、どこかに消えてしまったことは、きいていました。画家仲間の間でも、そのことは、かなり話題になっていましたね」

「東京で殺された橋本さんは、どうなんでしょうか？　橋本さんも、緒方幸太郎さんの絵のことはしっていたと思いますか？」

十津川は、山部と新田の二人に、きいた。

「緒方幸太郎さんが『春の高山祭』という五百号の大作を描いて亡くなったことは、橋本さんもしっていたはずです。そんな話を、したことがありますから」

と、山部が、いった。

会話もあらかたすんで店を出ようとした時、新田が、山部にいった。

「緒方幸太郎さんが、泊まりこんで五百号の絵を描いていたという下呂温泉の旅館ですが、できれば、そこに泊まりたいですね。緒方幸太郎さんのことを、旅館の人たちに、いろいろときいてみたいんですよ」

「それなら、われわれも、今日はその旅館に泊まることにしたらどうですか？　何か新しい情報が、入手できるかもしれませんよ」

渡辺刑事が、十津川にいい、急に話がまとまって、四人とも今夜は、下呂温泉の旅館〈水明館〉で一泊することになった。

カフェを出たところで、山部と新田は、もう少し高山の町を見て回りたいといい、十津川と渡辺刑事の二人は、山部たちとわかれ、そのまま高山駅に向かった。

二人の刑事は、高山駅で少し待って、上りの特急「ワイドビューひだ」に、乗ることにした。

特急「ワイドビューひだ」の半分くらいは、この高山止まりだが、終点の富山（とやま）から、戻ってくる特急もある。

名古屋から高山までの乗客が多く、その先を富山まで乗っていく乗客は少ないとみえて、高山駅で、高山止まりと、富山行の車両を切り離す。逆に上りの場合は、高山駅で車両を増結する。そのための五、六分の時間である。

富山からきた列車に、高山から名古屋までの車両を連結するのを見ながら、十津川は、駅の時刻表を確認していたが、横にいた渡辺刑事に、

「面白いですね」

と、いった。

「どこが面白いんですか？　私なんかは、もっと早く連結して、さっさと、下呂温泉に向けて出発してほしいですが」

と、渡辺刑事が、文句をいう。

「高山駅には、上りと下りの両方の列車の時刻表が載っていますが、いずれも終点までいく特急は、高山で連結したり、切り離したりするわけでしょう？　ほかの路線では、その時間はもっと短いし、すべて同じ時間ですよ。ところが、この特急『ワイドビューひだ』の場合は長いし、かなりまちまちですね」

「おそらく、地方の特急だから、呑気なんですよ」

茶化すように、渡辺刑事が、いった。

そんなことを話しながら二人は、連結された名古屋行の特急「ワイドビューひだ」に乗りこんだ。

下呂温泉までは約一時間である。

下呂温泉に着いた時には、雨が降り始めていた。少しばかり暖かかったから、早めの春雨といったところだろうか？

問題の旅館、〈水明館〉は、駅からすぐのところにあるのだが、雨に濡れるのもいやなので、二人は、駅から旅館までタクシーを使うことにした。

フロントでチェックインしながら、横を見ると、大きな掲示板が出ていた。

〈緒方幸太郎画伯が、当ホテルで描かれた五百号の大作『春の高山祭』が、突然、どこかに消えてしまいました。

この件について、もし、何かご存じの方がいらっしゃいましたら、フロントまでご連絡ください。

有力な情報を提供してくださった方には、お礼を差しあげます。

水明館社長〉

これが、その掲示だった。

チェックインの手続きをすませてから、十津川は、フロント係に警察手帳を見せて、

「夕食のあと、この掲示板にある絵のことについて、いろいろと事情をご存じの従業員の方がいらっしゃれば、ぜひお話をおききしたいので、私たちの部屋まで、きてくださるようにお伝えいただけませんか」

と、頼んだ。

十津川は、夕食のあとでといっておいたのだが、驚いたことに、夕食が、食堂ではなくて、二人の刑事がチェックインした部屋まで運ばれてきた。

そのサービスの主人公は、この旅館の大女将と、ルームサービス係の女性だった。十津川たちの夕食の世話をしながら、失くなった絵について話をしてくれることになった。

まず、十津川が、質問した。

「問題の絵が、失くなっていることに気がついたのは、いつ頃ですか？」

その質問に、ルームサービス係の女性が、答えてくれた。

「最初、緒方先生が、屋台会館で亡くなられているという連絡が警察から入ったんです。そこで、緒方先生が運ばれた病院に、大女将さんと私が慌てて飛んでいきました。でも、間に合いませんでした。それで、心配になったのが、緒方先生がお描きになっていた、五百号の絵のことでした。そこで今度は、急いで引き返して特別室を見にいってみたんです。そこには、五百号の大作があるはずでした。私は二日前には、間違いなく見ていましたから。でも、特別室にいってみたら、失くなっていたんです」

「つまり、緒方幸太郎さんが亡くなったその日には、すでに、絵が失くなっていたということですね？」

「ええ、そうなんです。それにしても、あんな大きな絵を、いったいどんなふうにして、誰にも怪しまれずに持ち出したのか、私なんかにはまったくわかりませんが、絵描きさんにきいたら、絵というものは、乾いていれば、キャンバスの枠から外して丸め、簡単に持ち運びができるんだそうです。ですから、緒方先生の絵を盗んだ犯人も、外した絵を丸めて、夜中にでも、持ち出したに違いありません」

「先日、緒方幸太郎さんの息子さんが、ここに見えましたね？」

と、十津川が、きく。

「ええ、いらっしゃいました。緒方幸一さんとおっしゃいました」

と、大女将が、いった。

「その緒方幸一さんは、問題の絵については、まったくしらなかったんですか？」

と、高山署の渡辺刑事が、きいた。

「ご存じありませんでしたね。何でも、緒方先生は、十年ほど前に家を出て、ひとり暮らしをしながら絵の制作をなさっていたらしいんです。ですから、息子さんは、最近の緒方先生のことは、ほとんど何もご存じないようでした。当然、五百号の『春の高山祭』の絵のことも、まったくの初耳だとおっしゃっていましたね。緒方先生は、十年前までは父親として家にいらっしゃったわけですから、その頃のことは、息子さんも、よくご存じのようでしたが、その後、緒方先生が、画家として認められるようになったことはしらなかったといって、驚いていらっしゃいましたよ」

と、大女将が、いった。

「息子さんは、その後、東京に帰ったんですね？」

「ええ、緒方先生の遺骨を持って、お帰りになりました」

「その息子さんとは、連絡が取れていますか？」

と、十津川が、きいた。

「東京にお帰りになったあとで、一度、電話で連絡がありました」

「一度だけですか？」

「ええ、それだけです」

「その時、息子さんは、何かいっていましたか？」

「息子さんも、絵を探しているようで、一生懸命探しているがまったく手がかりなしだと、おっしゃっていましたよ」

と、大女将が、いった。

十津川は、次にルームサービス係の女性に、きいた。

「緒方幸太郎さんは、特別室をアトリエ代わりにして大作を描いていたわけですが、食事は、どうしていたんですか？　ルームサービス係のあなたが、朝昼晩と三食、いちいち特別室まで運んでいたんですか？」

「夕食は、毎日ほとんど、私が特別室までお持ちしていました。ただ、朝食とお昼は、緒方先生が散歩をかねて町に出ていかれるので、どこかのカフェか、食堂でとっておられたようです」

「毎日のように、朝、旅館を出ていって、夕方になると帰ってきた。そういうことですか？」

「ええ、そうなんです。健康にいいからとおっしゃって、ほとんど毎日のように朝起きるとすぐ、旅館の朝食は取らずに、お出かけになり、どこかで食事をされていたようですよ。私がそのことをきいたら、最近は歳を取って、足が弱くなるのが怖いので、よく歩くようにしている。緒方先生は、そんなふうに、おっしゃっていました」

「たしか、緒方幸太郎さんは、春の高山祭の時にこちらにやってきて、それから、旅館の特別室で、高山祭の絵を描いていた。それで間違いありませんか？」

渡辺が、念を押した。

「ええ、それで、間違いございません」

と、大女将が、いう。

「その間に、緒方幸太郎さんを訪ねてきた人はいませんか？　もし、名前がわかれば、教えていただきたいのですが」

と、渡辺が、いった。

「私どもとしても、緒方先生には集中して絵を描いていただきたかったので、それで特別室をアトリエとして、ご提供したんです。ですから、とにかく、先生のお仕事の邪魔になるような人は、できるだけお断りしたかったんですよ」

「そんな人が、いたんですか？」

「ええ、何の用もないのに、連絡もしないで、突然、先生を訪ねてくるような人も、いたんですよ。そういう人に対しては、ノート一冊を用意しておいて、それに署名していただくようにしていました。先生に何かあったら、大変ですから」

大女将は、そのノートを、見せてくれた。

ノートに載っていた名前は、全部で、二十八人。そこには、十津川のしっている有名人の名前もあれば、しらない名前もあった。

「この二十八人全員が、緒方幸太郎さんに会っているんですか？」

十津川が、ノートを見ながら、大女将に、きいた。

「いいえ、半分くらいの人は、先生のお仕事の邪魔になりそうな人だったので、私の判断で、今、緒方先生は、集中して、絵をお描きになっているので、どなたにもお会いできませんとか、疲れて、お休みになっていますとかいって、お断りしました。ですから、実際に特別室にいって、先生とあの絵に対面できた人は、十人もいないでしょうね。たしか、八人か九人だったと、思いますよ」

と、大女将が、いった。

「何か、問題を起こしたような人は、いませんでしたか？」

十津川が、ルームサービス係の女性に、きいた。

「今、大女将さんがおっしゃったように、実際に特別室にいって、緒方先生に会って絵を見た人は、二十八人中八人か、九人だったんですけど、それ以外の人で、とにかく先生に会いたい、絵を見たいとおっしゃって、フロントでチェックしていても、フロントを通らずに、直接エレベーターで特別室までいってしまい、緒方先生に、強引に会った人もいるんですよ。それで、旅館の従業員と喧嘩になってしまった方も、何人かいらっしゃいます」

ルームサービス係が、笑いながら、いった。

「なるほどね。そんな人もいたんですね。なかでも、特に、悪質だったと思える人の名前はわかりますか？」

十津川がきいた。

「ノートに名前のある二十八人のなかには、いませんね。ただ」

と、いって、一瞬、口ごもった。

「ただ、何ですか？」

「あの人は、少し酷かったですね」

と、ひとりの名前を教えてくれた。

その人は、名刺を置いていったといって、ルームサービス係の女性は、その名刺を、二人の刑事に見せてくれた。

〈中島定男〉

と、あった。東京にある会社の名前と、営業部第一課長という肩書も、書いてあった。

ルームサービス係は、

「その、中島定男さんという人ですが、二日も続けてやってきて、しつこく、緒方先生に会わせろというので、これ以上無理をいうと、一一〇番しますよといったら、やっと帰っていきました。あとで、気になったので、この名刺の会社に電話をしてみたんですが、かかりませんでした。ですから、この名刺は嘘なんですよ。中島定男という名前も、会社の電話番号も、全部でたらめなんですよ」

十津川は念のため、この中島定男という男の特徴を、ルームサービス係にきき、それを自分の手帳に書いておくことにした。

「問題の五百号の絵ですが、いったいどんな絵なのか、大体のところは、わかりませんか？」

と、渡辺が、大女将に、きいた。

「うちの旅館の従業員のなかにも、絵心のある人間がおります。彼は、何回か先生の部屋にいって、制作中の絵を実際に見ているので、キャンバスに大体の絵を描いてもらって、今、それを、特別室に飾ってあります。あとでご覧になってくだされば、今の刑事さんの、質問の答えになると思いますわ」

と、大女将が、いった。

その後、二人の刑事は、大女将に、問題の特別室に案内してもらった。

緒方幸太郎が亡くなってからも、特別室は客室には戻さず、アトリエのままにしてあるという。

明るい照明が、使われているが、そこにあるはずの五百号の絵は失くなっていて、その代わりに、手ごろな大きさのキャンバスが飾ってあり、そこには、簡単なスケッチふうの『春の高山祭』の絵が、描かれている。

大女将がいっていた、この旅館で絵心のある従業員が、自分の覚えている問題の絵をスケッチしたという、その絵だった。

「さっき、ルームサービス係の女性が、緒方幸太郎さんを訪ねてきた人のなかで、偽の名刺を使い、かなりしつこい男がいたといっていましたが、その男は、この特別室まで、入りこんできたんですか？」

と、十津川が、きいた。

「ルームサービス係がいっていたのは、中島定男さんとかいう人のことでしょう？」

「そうです」

「ええ、あの人だったら、いつの間にか、特別室に入りこんでいて、緒方先生を摑まえて『俺にも同じ絵を描いてくれ。駄目なら、今描いている絵を売ってくれ』と、強要したらしいんです。うちの従業員が慌てて、それ以上しつこくしたら警察に通報するといって、何とか帰しましたが、あの時は、危うく大事な絵を、持ち去られるところでした」

と、大女将が、いった。

2

次の日の朝、十津川と渡辺刑事は、食堂で朝食を取ったが、食堂の入口のところに、新聞が置かれてあった。

大新聞のほかに『新岐阜タイムス』が地元の新聞として置いてあるのだが、もう一紙『高山ホームズ』という新聞も一緒に置いてあった。

十津川が、その新聞を、朝食を食べながら広げてみると、そこには〈五百号の絵の争奪戦〉という見出しが、大きく躍(おど)っていた。

おそらく、その記事が載っているので、この地方紙も、食堂の入口に置かれていたのだろう。

タブロイド判のその新聞は、一面のほとんどが、五百号の絵の写真で埋まっていた。どうやら、この『高山ホームズ』という新聞の記者は、この騒動が起きる前に〈水明館〉にやってきて、問題の絵を写真に撮(と)っていったのだろう。

たしかに、問題の絵をめぐって、大きな騒動になっているのは間違いなかった。それを、面白おかしく書いてあった。

さらに『高山ホームズ』には、今や幻の絵は大変な高値を呼んで、十億円でも手に入れたいという金持ちまでいるらしいとも、書いてあった。

十津川は、その新聞を読み終わると、渡辺刑事に渡した。渡辺も、その記事を読んで笑った。

「十億円ですか。このままでいくと、もっと高くなるんじゃありませんか？」

と、いってから、

「まるで誰かが、この騒ぎを煽(あお)っているみたいですね」

と、いった。

そこに、山部と新田の二人が入ってきた。こちらに気がついて、同じテーブルにやってくると、食事を始めた。

十津川は、二人にも、問題の地方紙『高山ホームズ』を見せることにした。記事を読んだ二人が、どんな反応をするか、しりたかったのだ。

もちろん、記事を読み終わると、二人とも大きな声で笑った。渡辺刑事と同じように、

「十億円ですか。すごいですね」

「この先、もっと高くなるんじゃありませんか？」

と、それぞれが、まったく同じ反応を、示した。

3

その日、大女将が、緒方幸太郎の絵のことで、高山警察署と、新岐阜タイムス本社を訪ねていくというので、十津川と渡辺刑事も、同行することにした。

大女将は、そのために用意したという五百号の絵を写した写真を、十津川たちに、見せてくれた。

大女将の話によると、緒方幸太郎の絵は、完成していたという。その、完成間近な時に、

「将来、ホテルの宣伝に、使いたいので、絵を、カメラに収めておきたい」

旅館の社長はそういって、完成間近な緒方幸太郎の絵を、写真に撮った。それを今回、可能なかぎりの大きさに引き伸ばして、持っていくのだという。

最初は、高山警察署だった。

高山警察署では、渡辺刑事の地元ということで、応対も細やかだったし、絵についても活発な話になった。大女将が用意してきた五百号の絵の写真は、高山警察署が預

かって、捜査の参考にすることに決まった。

高山警察署と新岐阜タイムス本社で、時間を取ってしまい、解放された時には、すでに、夕闇が迫っていた。

十津川は、今日一日は〈水明館〉に泊まって、明日早朝に、東京へ帰ることにした。

翌朝、朝食のために一階におりていくと、ロビーの真ん中で、朝市が開かれていた。

〈水明館〉は、大きさもサービスも都心のホテルと変わらないが、毎朝おこなわれている、ロビーでの朝市は、いかにも観光地の旅館という感じだった。

大女将の話によれば、ロビーでの朝市は、かなり前からやっていて、宿泊客には、大変好評だという。

朝食にきた人も、食事をすませると誰もが朝市を覗(のぞ)き、それぞれの店に群がって、盛んに土産品(みやげ)を買っている。

十津川は、その朝市の売り子に、

「緒方幸太郎さんも、この朝市には、よく立ち寄っていましたか？」

と、きいた。

「あの先生は、この朝市に毎日のように立ち寄って、それから、外出されていかれましたよ」

と、売り子が、いう。

十津川は、そこで売られている、さまざまな海産物や農作物を見回しながら、

「緒方幸太郎さんは、主に、どんなものを買っていかれたんですか？」

と、きいた。

「これですよ。緒方先生は、これを、毎朝のように買ってから外出されたんですよ」

売り子が、台の上の小さな袋を指さした。

「これって、いかの丸干ですか？」

「ええ、そうですよ。いかの丸干です。焼いて食べると、たまらなくおいしいですよ。あの先生も毎日、ここにきては、それを買っていかれました」

と、売り子が、いう。

十津川も、ひとつ買った。ロビーで、呼んでもらったタクシーが、くるのを待ちながら、十津川は、いかの丸干の袋を見つめた。

半年あまり、この、〈水明館〉の特別室で、緒方幸太郎は、五百号の絵を描き続けていたという。もうひとつ、朝早くから外出していたという。夕食だけは、ルームサ

ービス係が、部屋に運んでいた。

その時に、このいかの丸干の話は、出なかった。

十津川は、それが気になってフロントにいき、緒方幸太郎と、いかの丸干についてきいてみた。

十津川の質問に、フロント係は、笑顔になって、

「たしかに、緒方先生は、いかの丸干がお好きでしたね。いつも、ロビーの朝市で買ってから、外出されましたよ。でも、お部屋で食べていらっしゃるところは、一度も見ていません。先生は、毎日のように朝早く外出されていて、その時に朝市で、それを買っていかれたんです」

と、いった。

「それでは、朝、外出する時、このいかの丸干を持って、外出していたんですか？」

「そういうことになりますね。いかの丸干が、よほど、お好きだったんじゃありませんか？」

と、フロント係は、いった。

十津川が考えこんだのは、袋に入ったいかの丸干は、焼いて食べるものだということである。

しかし、緒方幸太郎は、朝市でこのいかの丸干を買って、それを持って外出したことになる。

では、緒方幸太郎は、どこで焼いて、どこで誰と食べたのだろうか？

フロント係から、タクシーがきたときかされたが、十津川は、タクシーに乗るより、いかの丸干のことが、気になって仕方がなかった。

そこで、帰るお客を、玄関で見送っていた大女将に、いかの丸干のことをきいてみた。

「そのことでしたら、実は、私も気になっていたんですよ。でも、いくら先生にきいても、笑うばかりで、何も答えてくださらないので、そのうちにきくのをやめてしまいました」

と、大女将が、いった。

フロントで確めると、外出から帰ってきた時には、袋に入ったいかの丸干は、持っていなかったというから、外出先で、誰かと一緒に、食べたのではないのか？

「誰と食べたのか、どこで食べたのかはわかりませんか？」

十津川が、きいたが、フロント係も、大女将と同じように、

「毎朝朝市でお買いになるので、きいてみたことがあるんですよ。外出先で、どなた

と一緒にお食べになるのですかとおききしたんですが、緒方先生はいつも笑うだけで、お答えにはなりませんでしたね。ですから、私の疑問は解決されないまま、今も残っていますよ」

と、いった。

十津川は、ますます、いかの丸干のことが気になってきた。

そこで、待っていたタクシーに、乗りこむと、

「緒方幸太郎さんを、乗せたことがありますか？」

と、まず、きいた。

「緒方幸太郎さんって、絵の先生でしょう？」

「そうですよ。緒方幸太郎さんは、毎日のように外出した。その行き先が、しりたいんだ」

十津川が、いうと、運転手は、携帯電話を取り出して、営業所に、電話を入れてくれた。

緒方幸太郎は、毎日のように朝、外出をしている。その時に、緒方幸太郎をよく乗せたという運転手を、探してくれるというのだ。

しばらくすると、一台のタクシーが、〈水明館〉の玄関に着いた。

その車の運転手の名前は、太田黒清志。五十歳くらいの、いかにも実直そうな運転手である。

十津川は、その太田黒の車に、乗り換えてから、

「このタクシーに、緒方幸太郎さんが、よく乗ったそうですね？」

と、きいた。

「そうですね。緒方先生には、ご贔屓にしていただきました。必ず乗ってくださるので、呼ばれなくても、朝の八時には、旅館の前で待っていました」

と、太田黒が、いった。

「それで、緒方幸太郎さんは、毎日どこにいっていたのか教えて下さい」

と、十津川が、いった。

第四章　父の行動の謎

1

　毎日のように、緒方幸太郎を乗せていたという個人タクシーの運転手、太田黒の証言は、何とも奇妙なものだった。少なくとも、十津川には、そう感じられた。

　十津川はてっきり、緒方幸太郎は、旅館の朝市でいかの丸干を一袋買い、それを持って、太田黒の運転する個人タクシーに乗り、高山で関係のできた女性のところにでも、毎日のように、通っていたのではないかと思っていたのである。

　緒方幸太郎は、十年前に突然、家族を捨てて家を飛び出し、それからはずっと、男ひとりの生活をしていたと、いわれている。六十代になっていたと思われるが、今の六十代は、昔に比べて若い。当然、女性がいてもおかしくはない。十津川は、そう、思っていたのである。

しかし、タクシー運転手の太田黒は、十津川の質問に対して、

「いつも朝の八時頃には、旅館にお迎えにいって、先生が、私のタクシーにお乗りになるのを待ってから、まず、私の家へお連れしました」

と、いう。

「あなたの家に？　何をしにいったんですか？」

十津川は、首をかしげながら、太田黒にきいた。

「私は家内や家族とわかれて、今は下呂にひとりで、マンション暮らしをしています。そのマンションの駐車場に、個人タクシーの車を入れてるんですよ。まず、そこへお連れして、先生が、旅館の朝市で買ってお持ちになった、いかの丸干を焼くんです。何でも、私の焼き方がうまいと、先生に、気に入られましてね。いつも、私のマンションで、いかの丸干を焼いてから出発するんです」

「それで、どこへいくんです？」

十津川が、きくと、太田黒は、笑いながら、

「それからどうするって、先生は、絵描きさんですよ」

十津川も、苦笑して、

「もちろん、よくしっていますよ」

「さっきから刑事さんは、いかの丸干のことにこだわって、その話ばかりしますが、先生は、絵描きさんだから、必ずスケッチブックを持って、〈水明館〉を出るんですよ。私のタクシーで、高山市内やその近くを回って、気に入ったところがあると、車を停めるようにいわれましてね。おもむろに、スケッチブックを広げて、熱心に、スケッチされていらっしゃいましたよ」

と、太田黒が、いう。

太田黒の話をきいているうちに、十津川は、少しばかり、想像が外れていたことを感じていた。

緒方幸太郎は、新しく関係のできた高山の女と、どこかで会っていたに違いないとばかり、十津川は思っていたのだ。

そのことが、緒方幸太郎の死に繋がっているだろうし、五百号という大作が、消えてしまった謎にも、関係しているに違いないと、ひそかに期待していたのである。

それが、高山周辺のスケッチをするために、毎朝早く、個人タクシーに乗っていたとなると、高山祭の絵には、絡んでくるかもしれないが、殺人事件とは、あまり関係はなさそうだと、十津川は思った。

「それで、高山のスケッチのあと、緒方幸太郎さんは、あなたのタクシーで、〈水明館〉に戻っていたんですね？」

十津川は、この質問を最後に、このタクシー運転手の話は終わりだなと思ったのだが、太田黒運転手は、奇妙な話をしたのである。

「午前十時半になると、先生を、高山駅にお連れするんですよ。先生が、高山市内や郊外のスケッチに夢中になっている時には、私も、なかなか声をかけづらいし、それに、先生のほうも、高山駅にいくのを忘れてしまうんで、そういう時は、先生、そろそろ、十時半になりますよというと、先生はにっこりして、そうか、それじゃあいつものように、高山駅にいってくれと、いわれるんです。それで、十時半に間に合うように、先生を、高山駅にお連れしてましたよ」

それが、太田黒運転手の話だった。

「緒方幸太郎さんは、いったい何のために、毎朝十時半に、高山駅にいっていたんですか？」

と、十津川が、きいた。

「そんなこと、しりませんよ。先生も、どうして毎朝十時半に高山駅にいくのか、私には、何も話してはくれませんでしたからね。とにかく、気がついた時には、まず十時半に高山駅にいってくれと、いわれていましたから。ですから、先生が、高山市内のスケッチに夢中になっている時は、私も、黙っていましたけど、先生が、何となく腕時計を気にしていらっしゃると、ああ、十時半に高山駅だなと思って、お連れするんです」

と、太田黒が、いう。

「高山駅を、十時半に発着する列車があったかな？」

と、十津川が、首をかしげた。

そのことが、どうしても気になるので、十津川は、

「とにかく、高山駅にいってください」

と、いった。

高山駅に着くと、駅前に太田黒のタクシーを停めておいて、十津川は、太田黒と駅の構内に入っていき、高山駅を発着する列車の時刻表を調べてみた。

まず、下りの高山本線である。

下りの「ワイドビュー ひだ1号」は、午前一〇時〇二分に高山駅に到着する。この列車は、高山止まりである。

次の「ワイドビュー ひだ3号」は、富山行になっていて、高山着は、午前一〇時五

五分である。

その次の「ワイドビューひだ5号」は、高山着一二時一四分となっている。

次は、上りの高山本線である。

上りの「ワイドビューひだ6号」は、高山発が、午前九時三八分である。

次に、高山駅を発車する上りの普通列車は、午前一〇時二四分に、出発してしまうので、緒方幸太郎が、何か気にしていた十時半では、間に合わない。

次の「ワイドビューひだ8号」名古屋行は、午前一一時三二分に、高山を発車するから、十時半に駅にきていると、一時間以上も、駅で、待つことになってしまう。

高山駅に掲示されている時刻表を、いくら眺めても、午前十時三十分に発着する列車は、上りも下りも見当たらないのである。

「十時三十分に高山を発着する列車は、一本もありませんね」

十津川が、いうと、太田黒は、

「そんなことはしりませんよ。私は、とにかく、十時半に着くように高山駅にいってくれと、先生からいわれていたから、そのとおりにしていただけで。あの先生が、高山駅で何をしていたのか、まったくわかりませんよ」

と、いわれてしまった。

（そうか。高山駅に、十時半としても、列車に乗るためにきたのか、駅自体に、用事があったのか、どちらかはわからないんだ）

高山駅には、何回もきているのだが、くるたびに十津川が思うのは、駅舎は、洒落たデザインだが、小さな駅だということである。

この高山駅をスケッチするために、緒方幸太郎は、毎朝十時半に、きていたのだろうか？

しかし、くるのは、決まって十時半というが、ただ単に、スケッチするためなら、何時でもいいはずである。特に、十時半にこだわる必要はないだろう。十津川には、その点が解せない。

それに、高山駅は、小さな駅である。一日あれば、プロの絵描きなら、全体のスケッチをすませてしまうだろうから、何度も通うことはないのである。

「十時半に駅にいく理由が、どうにもわからないな」

と、呟いて、十津川は、また首をかしげた。

十津川が、高山駅の構内を、見回していると、三十代の男が、遠慮がちに近づいてきて、

「失礼ですが、たしか、東京の刑事さんですよね？」

と、声をかけてきた。

十津川はすぐ、この若い男が、亡くなった緒方幸太郎の息子、緒方幸一だと気がついて、

「緒方幸一さんですね」

と、きいた。

「ええ、この高山で亡くなった緒方幸太郎の息子の緒方幸一です」

父親の死んだことをしらされて、息子である緒方幸一が、遺体を引き取ったあと、下呂温泉の〈水明館〉にいったことは、もちろん、十津川はしっている。

どこかに、消えてしまった五百号の大作のことや、なぜ、父親が高山で殺されたのか、そんなことが気になって、高山にくるようになったのだろうと想像がついた。

「時間があれば、お茶でも飲みながら、亡くなったお父さんのことを、話しませんか？」

と、十津川が、誘った。

「ええ、時間はあります。私も、刑事さんとお話をしたいと思っていました」

と、緒方幸一が、うなずいてくれたので、太田黒のタクシーで、市内の中心街にあるカフェに、緒方幸一を連れていった。

洒落た造りの、カフェである。高山市全体が観光都市のように、なってしまってから、観光客を意識してか、アンティークな造りのカフェが、やたらに増えた。

　このカフェも、そうした店の一軒だった。店内の造りもアンティークで、高山祭で披露（ひろう）される、屋台の模型が、何台も飾ってあった。ママも和服である。

　十津川が、二人分の、抹茶（まっちゃ）と和菓子を頼んでから、

「緒方幸一さんは、高山には、時々きているんですか？」

　と、きいた。

「最初、高山という町には、何の興味もなかったんです」

　と、緒方幸一が、いう。

「どうしてですか？　お父さんが亡くなった町でしょう？」

「たしかに、それはそうなんですが、親父（おやじ）は十年前に、突然家族をすてて出奔（しゅっぽん）して、その後は、一度も、会っていませんでしたからね。突然、亡くなったとしらされて、息子だから高山に、遺体を引き取りにいったんですが、それで、親父のことは、きれいさっぱり忘れようと、思いました。十年間、一度も会っていなかった親父ですからね。ところが、その親父が、病気や事故で死んだんじゃなくて、殺されたということをしったり、親父が描いていた絵が、失くなったことがあったりしたんで、地元

の警察にいろいろときかれたり、新聞社の人から取材されているうちに、私のほうも、死んだ親父のことが気になってきましてね。何度か高山にきてみたり、下呂温泉にいったりしているうちに、この町にも、下呂温泉にも、関心を持つようになりましてね。だからといって、死んだ親父に対して、懐かしさのようなものが、生まれているわけでもないんですよ」

と、緒方幸一が、いった。

十津川にも、緒方幸一のいうことがわかるような気がした。何しろ、十年間、一度も会っていなかった父親の話なのである。緒方幸一が、戸惑うのも無理はないだろう。

緒方幸太郎は、半年かけて、五百号の「春の高山祭」の大作を描いた。その絵が今、行方不明になっている。もし、それが見つかれば、億単位の、値段で売買されるだろうともいわれている。

そうした、興味本位の話と、実際の父親という存在との間で、この青年の気持ちは、微妙に揺れ動いているに違いないと、十津川は思った。

「お父さんの幸太郎さんは、女性に、もてるほうでしたか？」

と、十津川が、きいた。

十津川は、亡くなった緒方幸太郎という画家には、高山か、あるいは、下呂温泉のどちらかに、親しくつき合っていた女性がいたと今も思っていた。

「わかりません。十年前に、突然いなくなった時は、てっきり女のところにいったとは思いましたが――」

と、答えた。

「あなたのしっているお父さんですが、鉄道は、お好きでしたか？」

十津川が、続けて、きいた。

「親父が、鉄道マニアだったとか、鉄道が好きだったという話は、特に、きいたことがありませんね」

と、緒方幸一が、いう。

「それでは、駅はどうですか？」

「駅？」

「そうです。駅舎の絵なんかを、たくさん描いていたというようなことは、ありませんでしたか？」

「いや、そんな話も、一度もきいたことがありません。もしかしたら、消えた十年間に、興味を持つようになったのかもしれませんが、私がしっている十年前までは、親父が、鉄道に関心を持っていたということはないと、思います。駅や鉄道に、何か問題があるんですか？」

と、逆に、緒方幸一が、きく。

「いや、さっき、高山駅でお会いしましたからね」

十津川がいうと、緒方幸一は笑って、

「実は、私自身が、駅や鉄道に、興味があるんです」

と、いう。

「亡くなった親父は、高山駅に、関心があったんですか？」

と、緒方幸一が、きく。

「私と一緒にいた、タクシーの運転手さんですが、緒方幸太郎さんをよく乗せていたそうで、お父さんは、毎日のように午前十時半には、高山駅にいってくれと、頼んでいたというんです」

「それじゃあ親父は、その時間に着く列車に乗ってくる人を、迎えにいっていたんじゃありませんか？」

と、緒方幸一が、いった。

「私もそう考えたんですが、調べてみると、午前十時半に高山駅を発着する列車は、一本もないんです」

「それでは、駅舎のスケッチですかね。親父は、絵描きでしたから。でも、午前中の駅ばかりスケッチしてもしようがないですね。午後の駅の様子だって、スケッチしたほうが、いいと思いますから」

と、緒方幸一が、いう。

十津川は、黙ってうなずいてから、携帯で、太田黒運転手に、電話した。

「あなたがよく乗せた、緒方幸太郎さんですがね、午前十時半に、高山駅に連れていったという話はききましたが、午後は、どうだったんですか？　午後にも、駅に連れていったことは、ありませんでしたか？」

と、十津川が、きいた。

「午後に先生を乗せたことは、あまりないんですが、たまに乗せると、先生から、午後六時になったら、高山駅にいってくれといわれたことが、何回かありましたよ。午前中ほど、頻繁(ひんぱん)じゃありませんでしたけどね」

と、太田黒は、いう。

「そんなことがあったんですか。その話をききたいので、さっき降ろしてくれた『飛(ひ)騨(だ)高山』というカフェにきて下さい」

しばらくして、太田黒運転手がきたので、三人は、カフェを出た。

十津川は、緒方幸一に、向かって、

「こちらの運転手さんに、案内をしてもらって、亡くなった、緒方幸太郎さんの行動を調べているんですが、どうですか、一緒にいきませんか？」

と、誘った。

「もちろん、いきます。ぜひ、ご一緒させてください」

と、緒方幸一が、応じた。

そこで、太田黒の運転するタクシーに乗って、まず、高山駅に戻ることにした。

「緒方幸太郎さんが、何回か午後六時に、高山駅にいってくれといっていたのは、間違いないんですね？」

と、十津川が、確認すると、

「そんなことで、間違ったりはしませんよ。さっきもいったように、先生を、午後の時間に乗せたことは、あまりないんですが、その時はよく、午後六時になったら高山駅へいってくれと、いわれてましたから」

と、太田黒が、いう。

カフェから高山駅までは、二十分くらいである。駅前で降り、太田黒には、車のなかで待っていてもらうことにして、十津川と緒方幸一は、駅の構内に、入っていった。

もう一度、駅のなかにある高山本線の時刻表に目をやった。

十津川は、緒方幸一と二人で、まず、下りの時刻表を見た。

午後六時前後に、高山駅を発着する下り列車である。

まず「ワイドビューひだ13号」が午後五時一〇分に、高山に着き、午後五時一六分に、発車して、終着の富山に向かう。

その次は普通列車で、午後五時五〇分、高山発で、行き先は、富山である。

その次は、下りの「ワイドビューひだ15号」が午後六時〇七分に、高山駅に着く。

この列車は高山止まりである。

いくら見ても、午後六時ちょうどという列車はひとつもない。

次は上りである。

上りの普通列車、高山着午後六時二八分、出発は午後六時五四分、これは、美濃太田行である。

次の「ワイドビューひだ20号」は、高山着午後六時三九分、高山発午後六時四六分、名古屋行で、名古屋着が、午後九時〇二分である。

下りと同じように、午後六時ちょうどに発着する列車はないのだ。

「ありませんね」

と、十津川がいうと、緒方幸一が、

「親父は、何時何分発着の列車が、目当てではなくて、少し早目に、駅にきていたんじゃないでしょうか?」

と、いった。

十津川は、うなずいて、

「たしかに、午前中の十時三十分と、夕方の午後六時に、ぴったり発着する列車はないとしても、お父さんは、時間に余裕をみて、高山駅にきていたのかもしれませんね。ただ、この高山駅というのは、ご覧のように、小さな駅なんですよ。誰かと、駅で待ち合わせをしたとしても、五分もあれば、間に合ってしまう。それなのに、余裕が、二十分近くもあるんです。これはどう見ても、少しばかり余裕がありすぎるのですよ」

「なるほど、たしかに、そうですね」

「それも、お父さんは毎日のように、同じ時間に高山駅にきているわけですから、十時半の列車じゃなくて、十時五十分の列車なら、十時半に着いたり、あるいは、十時四十分に着いても、充分間に合うんですよ。ところが、太田黒というタクシー運転手の話では、午前中は十時半、夕方は午後六時と、時間が決まっていたようなのです。この駅にくる列車に、乗っている誰かを待っていたとしては、そこが、少しばかり、大雑把(おおざっぱ)な気がするんです。お父さんは、気の短い人でしたか、それとも、気の長い人でしたか？」

「私のしっている頃の親父は、短気でよく、おふくろと、喧嘩(けんか)していましたよ」

と、緒方幸一は、笑った。

2

次は、高山駅以外に、緒方幸太郎が、タクシーでいった場所を、実際に体験してみることになった。

十津川と緒方幸一は、一緒に、個人タクシーに乗り、太田黒に、

「朝ですが、あなたは、毎日午前八時頃には、下呂温泉の〈水明館〉に、緒方幸太郎さんを迎えにいっていたんですね？　今日は、時間が昼すぎになってしまいましたが、構いませんから、いつもと同じ道順で、案内してくれませんか？」

と、いった。

まず、下呂温泉の〈水明館〉に着く。

玄関にタクシーを停めると、運転席の太田黒が、後ろの座席に座っている、十津川に向かって、

「毎朝八時には、ここに車をつけて、先生を待っていました」

「八時に迎えにきていると、その時間に緒方幸太郎さんも旅館から出てきて、あなたのタクシーに、すぐ、乗りこんだんですか？」

「いや、先生は、それほど時間に正確だったというわけでもないんですよ。何しろ、先生は毎朝、この旅館でやっている朝市が好きで、それを楽しんでから、いかの丸干をひと袋買って、それからゆっくりと、待っている私のタクシーに乗りましたからね。八時きっかりに出発することもあれば、場合によっては、八時半とか、九時になってしまう時もありました。そのあたりは、ルーズというか、いい加減でしたね」

と、太田黒が、いう。

「それで次に、緒方幸太郎さんは、あなたのマンションにいって、あなたが、いかの丸干を焼いたんですね？」

「ええ、そうです」

「それでは、そのとおりにしてください」

と、いって、十津川が、促した。

太田黒のタクシーは、すぐに、下呂温泉を出発した。

下呂温泉の郊外に小さなマンションがあって、その一階に、太田黒はひとりで住んでいた。

太田黒は、そのマンションの駐車場を借りて、太田黒個人タクシーという看板を、掲げていた。

「狭いところですが、遠慮なくお入りください」

と、いって、太田黒は、１ＤＫの自分の部屋に、十津川と緒方幸一を案内した。

家具らしいものは何もない、殺風景な部屋である。

しかし、テレビやキッチンセットなどは、完備していて、

「いつも、このキッチンで、先生の買ったいかの丸干を、焼くんですよ。先生は、私の焼き方をとても気に入っていて、先生自身は焼かないで、いつも、私が焼いていました。焼いている間、先生には、お茶を一杯、ご馳走していましたよ」

毎日焼いているので、五、六分で焼けて、それを持って、高山に向けて出発したという。

十津川たちも、太田黒のマンションから、高山に向かって、出発した。

そのタクシーのなかで、緒方幸一が、

「親父は、春頃から、下呂温泉にきて、そこで、高山祭の絵を描いていたときいたのです。ですから、春の高山祭の時と秋の高山祭の時にも、あなたが、下呂温泉から高山まで、親父をこの車で、送ったんでしょうね？」

「いや、春と秋の高山祭の時には、私は、先生を、送りませんでしたね。何しろ、年に二回の高山祭の時は、全国から観光客が、たくさんやってくるんですよ。それで、途中の道路はやたらに混んでしまうから、先生も、お祭りの時ぐらいは車ではなくて、高山本線を使って、下呂温泉から高山にいっていたと、おっしゃっていましたよ」

「確認しますが、高山祭以外の時は、あなたがほぼ毎日、下呂温泉から高山に、緒方幸太郎さんを連れていったんですよね？」

と、十津川がきく。

「そうですよ」

「それで、高山市内や郊外で、気に入ったところがあると、そこでスケッチをしていたそうですが、その時には、あなたも一緒だったんですか？　それとも、緒方幸太郎さんはひとりでスケッチをしていたんですか？」

「先生は、スケッチをしている時も、私とずっと、一緒でしたよ。何しろ、あの先生は気まぐれだから、スケッチの途中で、ここはもう飽きたから、今度はあっち方面にいってくれとか、疲れたから旅館に帰って休みたいとか、急にいい出しますからね。だから、先生は、私にいつも、近くにいてほしいと、いっていたんじゃないのかな？それに、スケッチをしている途中で急に、喉が渇いた、何か冷たいものが飲みたくなった、なんていい出すので、私が、近くのコンビニに走って、アイスティとかアイスコーヒーなんかを買ってきて、先生に渡したりしていたんですよ。そんな時は、先生の付き人か、マネージャーみたいな気持ちでしたよ」

と、いって、太田黒運転手が、笑った。

「それで、あなたに、どうしても、おききしたいことが、あるんですよ」

十津川が、改まった口調で、太田黒に向かって、いった。

「十一月四日、緒方幸太郎さんは、高山市内の屋台会館で死体で発見されました。何者かに殺されていたのです。緒方幸太郎さんは、高山にいく時は、春秋の高山祭の時は別として、ほかの時は、いつも、あなたのタクシーで高山にいっていたわけでしょう？　あなたはつねに、緒方幸太郎さんの近くにいた。それなのに、どうして、十一月四日には、緒方幸太郎さんのそばにいなかったんですか？」

「そうなんですよ。私にも、それが不思議なんです」

と、太田黒も、いう。

「どう不思議なんですか？」

「刑事さんも、今いったじゃないですか。春秋の高山祭の時には、先生はひとりで、下呂温泉から高山本線に乗って、高山祭を見にいっていたんですよ。そのほかの時は、いつも私が、下呂温泉の〈水明館〉から高山市内や、郊外を車でご案内していました。しかし、十一月四日のあの日だけは、違ったんです」

「違うというと？」

「私と先生の間では、いつも前の日に、私が先生に電話して、明日は、何時頃お迎えにいきましょうかときく約束に、なっていたんですよ。毎回、先生にきいて、それじゃあ明日は、いつもどおりでお願いするといわれて、いつものように午前八時に、〈水明館〉に迎えにいっていたんです。しかし、あの日は、前日に私が、明日もいつもの時間にお迎えにいきましょうかといったら、先生は、いや、明日は用事があるのでひとりで出かける。そういわれたので、お迎えにいかなかったんですよ」

と、太田黒が、いう。

「その時ですが、緒方幸太郎さんは、ひとりでいくという理由を、何かいっていましたか？」

と、十津川が、きいた。

「いや、それは、何もきかなかったですよ。明日は用事があって、ひとりで出かけるので、君は、迎えにこなくてもいいと、先生からいわれたことは、覚えているんです。先生は、理由を何もいわなかったし、私もきかなかった。だから、どんな用事があって、どこに、いかれたのかはわかりません」

高山市内に入ると、太田黒は、緒方幸太郎を連れていった場所を、よく覚えていて、その場所に、十津川と緒方幸一を、案内してくれた。

高山は、飛驒の小京都と呼ばれている。

しかし、十津川の目から見ると、京都というよりも、もっと、古い町のような印象を受ける。

その理由のひとつが、高山市内に残っている漢方薬の、店だった。

高山を通る高山本線の終着駅は、富山である。富山といえば、江戸時代からの、薬問屋で有名だが、高山市内にも、漢方薬の店があるのだ。

そのなかでも、百年以上続いている、特に有名な店に、太田黒運転手は、十津川たちを、案内した。

「この店に最初に、先生をお連れしたんですよ。あの時、先生が、私は、今の西洋で作られた薬よりも、漢方薬のほうを信用しているんだといわれましてね。高山市内には漢方薬の店がたくさんあるが、そのなかでも、特に有名な漢方薬の店に連れていってくれといわれたので、この店に、ご案内したんですよ」

と、太田黒が、いう。

東京でもたまに、普通の薬局で、漢方薬を売っていることがある。しかし、扱っている主な製品は、西洋の医薬品で、店の片隅で、ひっそりと漢方薬を売っていたりするのだが、この店で売っている薬は、すべて、漢方薬である。

店のなかに入っていくと、そこにいた女店員は、絣の着物を着て、微笑して、十津川たちを迎えた。

十津川が、緒方幸太郎のことを話すと、女店員は、彼のことを、よく覚えているという。

「緒方先生は、たしか、三回、私どものお店にいらっしゃいました。一回目は、タクシーの運転手さんと、ご一緒でしたが、二回目と三回目は、どちらも、先生おひとりで、いらっしゃいましたよ」

と、女店員が、いった。

「緒方幸太郎さんは、もちろん、ここで、漢方薬を買ったんでしょうね？」

「ええ、先生は、漢方薬のことに、とても、お詳しいんです。西洋医学のお医者さんが、勧める漢方薬が、四つあるといわれて、それをお買いになっていかれました。三回ともです」

と、女店員が、いう。

「緒方幸太郎さんは、何という名前の、漢方薬を買っていったんですか？」

十津川がきくと、女店員は、薬を収めた棚から、その四つの漢方薬を取り出して、十津川たちの前に、並べた。

葛根湯、芍薬甘草湯、五苓散、そして、加味逍遥散の四つである。

名前をきいても、十津川には、それがどんな漢方薬なのか、どんな効能があるのか、まったくわからないので、ゆっくり腰をおろして、女店員から、説明をきくことにした。

四つの漢方薬のなかでは、葛根湯がもっとも有名である。漢方薬については、ほとんど何もしらない十津川でも、その名前だけはしっていた。

「葛根湯は、何にでもよく効く、いわば万能薬といってもいい漢方薬なんです。たいていかぜ風邪を引いた時や、頭が痛い時に飲まれる方が多いんですが、別に毒にはならないので、いつ飲んでも、構いません」

と、女店員が、説明してくれる。

次は、芍薬甘草湯である。

「よく歳を取った方で、朝起きる時に、急に足がつってしまうという方がいるじゃないですか」

と、女店員がいった時、十津川が、思わず笑ってしまったのは、彼がしっている七十歳の先輩で、よく、足がつったといって、悲鳴をあげている男のことを、思い出したからである。

「そんな時には、この芍薬甘草湯を飲んでくださるといいのです。五、六分で間違いなく、足がつったのが、治りますから」

と、女店員が、はっきりとした口調で、いった。

「本当に、足がつったのが五、六分で治るんですか？」

と、不思議そうな顔で、緒方幸一が、きく。

女店員は、

「はい、これを飲めば、必ず数分で痛みが消えます。間違いありません」

と、いった。

「次は五苓散ですが、二日酔いに大変よく効きます。これも、葛根湯と同じで、風邪を引いた時に飲んでも、構いません。四つ目の加味逍遥散ですが、これは昔、自律神経失調症という病気が流行ったじゃありませんか？　あの症状が起きた時には、これを飲めば、すぐに、治りますよ」

女店員は、ひとつひとつの漢方薬の効能について、自信満々に、きっぱりと断定する。

十津川は、緒方幸太郎をまねて、四つの漢方薬を、一袋ずつ買うことにした。それに釣られたのか、緒方幸一も、同じ四つの漢方薬を買っている。

「緒方幸太郎さんは、本当に、この四つの漢方薬が効くと信じて、買っていかれたのでしょうか？」

と、十津川が、きいた。

「ええ、そうだと思います。あの先生とお話ししていると、こちらが、びっくりしてしまうほど、漢方薬のことを、よくご存じなんです」

と、女店員が、いう。

「この四つ目の加味逍遥散ですが、説明書には、自律神経失調症に効くが、更年期障害にも効くと書いてあります。ということは、つまり、更年期を迎えた女性が飲んでも、いいということじゃありませんか？」

と、十津川は、きいてみた。

「はい、そうです」

と、女店員が、にっこりする。

「もちろん、この加味逍遥散は男性だけではなく、更年期を迎えた女性の方にも、ぜひ飲んでいただきたい漢方薬なんです。よく効きますよ」

と、相変わらず自信満々に、女店員が、いった。

3

タクシーに、戻ったところで、十津川が、緒方幸一に、

「もう一度、おききしますが、亡くなったお父さんは、女性にもてましたか？」

「その点は、私には、よくわからないのですが、亡くなったおふくろの話によると、何でも、親父は若い頃から女性にはまめで、優しい人だったようですね。そのようにきいています。ですから、十年前に親父が家を出ていった時も、どこかの女性のとこ

ろにいったのだろうと、思っていました。実際に、どうだったのかはわかりませんが」

それが、緒方幸一の、答えだった。

更年期障害によく効くという漢方薬と、今の緒方幸一の答え、それで、かすかにだが、死んだ緒方幸太郎に、女性の匂いが感じられたと、十津川は思った。

突然、十津川は、運転手の太田黒に、

「どこかで、緒方幸太郎さんが、食べていたいかの丸干を買いたいんですが、この近くに、売ってる店がありますか？」

と、きいた。

「市場にいけば売ってますよ」

と、太田黒が、いった。

そこで、市場にいってもらい、緒方幸太郎が、毎日のように食べていたという、いかの丸干と同じものを買い、店で焼いてもらった。

三人は、そのいかの丸干を持って、高山市内の、宮川（みやがわ）の近くにある、カフェに入った。

最初、十津川に、

「私は、車のなかで、待っていますよ」

と、いって、遠慮していた太田黒に、

「あなたも一緒に、お茶を飲んでほしいんですよ。ほかにもいろいろと、お話をおききしたいし」

と、十津川はいって、店のなかに入れ、テーブルを三人で囲むようにして抹茶を注文してから、十津川は、テーブルの上に、今買ってきたいかの丸干を置いた。

「私には、このいかの丸干というやつが、どうしても気になって仕方がないんですよ」

「何が、気になるんですか？　私は、これが大好きですよ。旨いんですよ」

と、太田黒運転手が、いった。

「女性は、どうなんでしょう？　女性も歩きながら、これを食べたり、人がたくさん集まっているところで、立ち食いしたりするもんですかね？」

「今どきの若い女性は、歩きながら、平気でものを食べたり、飲んだりしてますからね。いかの丸干も、大丈夫なんじゃありませんか？」

と、緒方幸一が、いった。

「そうですかね。緒方幸一さんの、いわれるとおりかもしれませんが、どうしても私には、このいかの丸干が、ピンとこないんですよ」

と、十津川が、繰り返す。

「十津川さんは、どんなふうに、ピンとこないんですか？」

と、緒方幸一が、きく。

「ここは古都高山ですよ。飛驒の小京都といわれている高山なんですよ。その高山の町で、緒方幸太郎さんが、女性と二人で、この、いかの丸干を一緒に食べているという光景が、どうしても浮かんでこないんですよ。高山といかの丸干が、あまりにもミスマッチでね。女性とは、もっと洒落たものを食べるんじゃないか。そこで、太田黒さんに、ききたいんだが」

と、いって、十津川は、太田黒に目を向けた。

「あなたが、緒方幸太郎さんを高山市内に案内すると、緒方幸太郎さんは、気に入ったところで、スケッチをしていたんですよね？」

「そうですよ」

「その時ですが、スケッチをしながら緒方幸太郎さんは、このいかの丸干を、食べていたんでしょうか？」

「そうですよ。いつもおいしそうに食べていましたよ」

「その時ですが、女性がきて、緒方幸太郎さんと一緒に、いかの丸干を食べたりしたことは、なかったんですか？」

「高山の町には、若い女性の観光客が多いので、先生が、スケッチをしていると、後ろから覗いたりする女性がいたりしましたけど、先生と一緒にいかの丸干を食べているような、そんな女性は、一度も見たことはありませんね」

（そうだろうな）

と、十津川は、思った。

これがもし、ソフトクリームとかクレープとか、洒落たスイーツとかなら、緒方幸太郎が女性と一緒に、歩きながら食べていても、決しておかしくはない。

しかし、いかの丸干である。

いかの丸干が、よほど好きな女性でない限り、緒方幸太郎と一緒に、歩きながらいかの丸干を食べたりは、しないだろう。

それとも、高山には、緒方幸太郎と一緒にいかの丸干を食べていた女性が、いたのだろうか？

十津川は、もう一度、太田黒にきいた。

「もう一度、確認しますが、緒方幸太郎さんは、下呂温泉の〈水明館〉の朝市で、いかの丸干を一袋買って、あなたの家で焼いてから、それを持って高山市内か、あるいは、郊外の気に入った場所にいって、スケッチをして歩いたんでしたね？」

「そうですよ」

「その時にも、いかの丸干を、食べていたといいましたが、高山市内で、いかの丸干以外のものを買って食べていたということは、ありませんか？」

「例(たと)えば、どんなものですか？」

と、太田黒が、きく。

「例えばですが、ソフトクリームとか、クレープとか、洒落たスイーツだとか、サンドイッチだとか、いってみれば、若い女性や女性全般が、好むようなものですよ」

と、十津川が、いった。

太田黒は、笑って、

「いや、そんなものを先生が食べているのを見たことは、一度も、ありませんね。そんなものは、あの先生には、似合いませんよ。やっぱり、いかの丸干ですよ。漢方薬ですよ」

と、いった。

この答えに、十津川は、少しばかりがっかりした。

このあたりで、女性の影が見えてくれれば、犯人が、緒方幸太郎を殺した動機が、少しは広がってくれる。そう、期待していたからだった。

第五章　五分のデート

1

十津川は、午前十時半と午後六時という二つの時間にこだわった。

タクシー運転手の太田黒によると、画家の緒方幸太郎が、彼のタクシーに乗車し、高山本線の高山駅に、ほぼ毎日午前十時半に着くようにいってくれといっていたという。夕方には、午後六時に、同じように、高山駅にいってくれと指示していた。この二つの時刻に、十津川は、こだわったのである。

まず、午前十時半のほうである。

調べてみても、午前十時半ちょうどに、高山駅を発着する列車はない。

緒方幸太郎が、もし、高山駅を発着する列車にこだわっていたとすれば、当然午前十時半より前ではなく、そのあとに高山駅を出発、あるいは、到着する列車だろう。

そう思って、もう一度調べてみると、たしかに、午前一〇時五五分に、高山駅に着く列車があった。

高山本線の終着駅は、高山ではなくて、富山である。特急「ワイドビューひだ」の下りは名古屋発で、高山止まりのものと、高山を通って富山が終点の、二通りがあった。

午前一〇時五五分に、高山に着く下り特急列車は「ワイドビューひだ3号」である。

この列車は、名古屋を午前八時四三分に発車し、高山着が、午前一〇時五五分、そして、終点の富山に着くのは午後一二時二九分である。

最初、この列車が、緒方幸太郎とどう関係しているのかが、十津川にはよくわからなかった。

この高山着午前一〇時五五分という列車に、緒方幸太郎が、乗ったという形跡はないし、午前十時半に高山駅に運んだタクシー運転手の太田黒も、高山駅から緒方幸太郎が列車に乗って富山にいったとか、あるいは、上りで、名古屋方面にいったことは一度もなかったと、証言している。

だとすると、この高山着午前一〇時五五分の「ワイドビューひだ3号」と、緒方幸太郎とは、いったい、どう関係してくるのだろうか？

あるいは、関係は、まったくないのか？

そこで、駅員に話をきいてみたが、最初のうちは、緒方幸太郎のことを覚えている駅員は、なかなか見つからなかった。何しろ、緒方幸太郎は、亡くなる間際から、急に有名になった画家である。

緒方幸太郎は才能ある画家で、五百号の大作は誰かに盗まれてしまい、それを警察でも必死になって捜している。今、そのことをしらない高山市民は、ひとりもいないだろう。

だが、太田黒のタクシーに乗って、午前十時半に、頻繁に高山駅にきていた頃に限れば、緒方幸太郎のことをしっている人間は、少なかったろうし、高山駅の駅員もである。

十津川は、諦めかけたのだが、その時になってやっと、駅員のひとりが、この駅での緒方幸太郎の様子を、覚えていた。

その駅員が、いう。

「いつも緒方幸太郎さんは、決まって、午前十時半頃になると駅にやってきて、ホームのベンチに腰をおろして、午前一〇時五五分着の『ワイドビューひだ3号』を、待っていらっしゃいましたよ」

「しかし、緒方幸太郎さんが、その『ワイドビューひだ3号』に乗って、終点の富山にいったというわけではありませんね？」

十津川がきくと、駅員は、

「そうですね。緒方幸太郎さんは『ワイドビューひだ3号』に乗って、どこかにいこうとしていたわけではなくて、どうやら、その列車から、降りてくる女性を待っていたようですね」

と、いう。

「女性を待っていた？　それが、毎朝のように続いたというわけですか？」

「そのとおりです」

「午前一〇時五五分に、高山に着く『ワイドビューひだ3号』から降りてくる女性を、ホームのベンチに腰をおろして、緒方幸太郎さんは待っていた。つまり、そういうことですか？」

「ええ、そうですよ」

と、駅員が、うなずく。

その答えに、十津川は、首をかしげてしまった。

太田黒の話から考えられるのは、緒方幸太郎が、午前十時半頃に高山駅にきていたのは、女性を迎えにきたわけではなかった。何しろ、高山駅で女性と待ち合わせ、その女性と一緒に、太田黒のタクシーに乗ったという話は、一度もきいていなかったからである。

「それでは、その『ワイドビューひだ3号』から降りてきた女性と、緒方幸太郎さんは二人で、高山駅を出ていったわけですか？」

と、十津川が、きいた。

「いや、その女性と緒方幸太郎さんは、ホームのベンチに腰をおろして、何やら、話しこんでいたようですね」

「その後二人で、一緒に駅を出ていった？」

「いや、緒方幸太郎さんは、その女性が、もう一度『ワイドビューひだ3号』に乗りこむのを見送ってから、駅を出ていったんです。それを、繰り返していたんです」

と、駅員が、いう。

「ちょっと待ってくださいよ。その女性は、午前一〇時五五分に、高山駅に着いた『ワイドビューひだ3号』から降りてきて、ホームのベンチで緒方幸太郎さんと、話をしたわけですよね？　そして、また同じ『ワイドビューひだ3号』に、乗っていったんですか？」

「ええ、そうですよ」

「しかし、もしそういうことだとすると、二人が話をする時間は、ほとんどないんじゃありませんか？」

　と、十津川がきくと、駅員が、笑いながら、

「いや、すぐに、出発するわけじゃありません。列車が発車するまで、五分あるんです。ですから、その五分間、二人は、ホームのベンチに腰をおろしてお喋りをして、それから『ワイドビューひだ3号』に再び乗りこんだ女性を見送ってから、緒方幸太郎さんは駅を出ていきました」

「今、五分間といわれましたね？『ワイドビューひだ3号』は、この高山駅に、五分間停まっているんですか？」

　十津川が、きいた。

「そうです。『ワイドビューひだ3号』は、高山駅で、五分間停車します」

「それはどうしてですか？『ワイドビューひだ3号』は、富山行の特急でしょう？　それなのに、どうしてここで、五分間も停車しているんですか？」

十津川がきくと、駅員は、この人は、何もしらないのだなという顔になって、

「富山行の『ワイドビューひだ3号』は、この高山駅で切り離しをするんです」

と、教えてくれた。

「切り離すというと、富山行の列車と、ほかにいく列車とを、ここで切り離すんですか?」

「そうじゃありません。ここが終点の車両と、ここからさらに先の終点の富山にいく車両とを切り離すのです」

その駅員は丁寧(ていねい)に、その列車の編成図を描いて、十津川に見せてくれた。

『ワイドビューひだ3号』は、もともとは、七両編成の特急である。そのうちの四両が名古屋－高山間を走る車両で、残りの三両が、名古屋から終点の富山までいく、車両である。この高山駅で四両と三両に切り離して、三両だけになった「ワイドビューひだ3号」が、終点の富山に向かうことになっているのだ。

その切り離し作業のために要する時間が、五分間なのだと、駅員は教えてくれた。

つまりその女性は、高山で降りるのではなくて、その富山行の車両に乗っているのだが、五分間の停車中、ホームで待っていた緒方幸太郎と、車両の切り離し作業が終わるまでの五分間、ベンチでお喋りをしていたと、駅員は教えてくれた。

「それが、ほとんど毎日続いていましたよ。ですから、私は今でも、よく覚えているんです」

と、駅員がいった。

「この高山駅で切り離す列車は『ワイドビューひだ3号』だけですか？」

念のため、十津川が、きいた。

「いいえ、富山行の特急『ワイドビューひだ』はすべて、この高山駅で、切り離されることになっています。列車は、七両編成が多く、ここで四両と三両に切り離されます。切り離された三両は、ここから終点の富山までいきます。それから、高山止まりの特急『ワイドビューひだ』は四両編成です」

と、駅員が、親切に教えてくれた。

2

「緒方幸太郎さんが、会っていたのは、どんな女性でしたか？」

と、十津川が、きいた。

「そうですね。注目して、見ていたわけではないので、はっきりとは、覚えていないのですが、小柄で、年齢は、おそらく二十代の後半ぐらいに、見えましたね。若いけど、地味な感じの人でした。なかなか、綺麗な人でしたよ」

と、駅員が、いう。

「二人が、どんな話をしていたかわかりませんかね？」

「二人とも、車両が切り離されるのを、静かに見守りながら、小声でお喋りをしている。そんな感じでした。私は、二人のそばにいたわけではありませんから、何を話していたのかまでは、わかりません」

と、駅員が、いった。

「毎朝、緒方幸太郎さんは、午前十時半頃ここにきて、一〇時五五分着の『ワイドビューひだ3号』を待っていたんですね？」

「ええ、そうです」

「そして、到着した『ワイドビューひだ3号』から二十代の若い女性が、降りてきて、ホームのベンチで二人で話をしていた。その後、何時に『ワイドビューひだ3号』は、出発するのですか？」

「停車は五分間ですから、出発は一一時ちょうどです。最初は、あまり気にならなかったのですが、五分間の切り離し作業の間だけ二人で話をして、その後、わかれていくんですよ。少し気をつけて見ていて、ああ、今日も緒方幸太郎さんがきているなと、そんなふうに思いましたね。暑い日も寒い日も、緒方幸太郎さんは、時間どおりに、駅にきていましたから」

「その女性が、どこから乗ってきて、どこまでいっていたのかは、わかりませんか？」

と、十津川が、きいた。

「いや、それは、ちょっと無理ですね。彼女が、この高山で降りていれば、もちろんわかるのですが、名古屋方面から乗ってきて、富山までいく列車に乗っていましたからね。どこから乗ってきて、どこまでいくのかは、わかりませんが調べてみましょう」

と、駅員が、いった。

十津川は、この女性のことを、宿に戻っていた緒方幸太郎の息子に教えたくて、この日、彼が泊まっている高山の旅館に、電話をした。

十分もしないうちに、緒方幸一は、高山駅に駆けつけてきた。

ホームにいた十津川が、手を挙げて彼を迎え、ベンチに腰をおろすと、十津川は、駅員からきいた話をそのまま伝えた。

「その若い女性は、列車が切り離される五分間だけ、亡くなった親父と、高山駅のホームで話をしていたんですか？」

「ええ、そうです」

「親父とその女性の関係が、よくわかりませんが」

と、緒方幸一がいった時「ワイドビューひだ7号」が、ホームに入ってきた。

一三時一〇分、高山着の富山行特急である。

二人が見ていると「ワイドビューひだ7号」は六両編成で、三両がこの高山までの車両、そして、残りの三両が富山行だった。この「ワイドビューひだ7号」は一三時一五分発で、五分停車である。切り離された三両が、ゆっくりと富山に向かってホームを離れていった。

「五分でも、短いといえば、短いですが、長いといえば長いですね」

と、緒方幸一が、いった。

「毎朝、お父さんの幸太郎さんは、この高山駅にやってきて『ワイドビューひだ3号』で高山まで乗ってきた若い女性と五分間、このベンチで、話をしていたのです。それは、間違いありません。この女性が、どういう女性なのか、あなたには見当がつきますか？」

と、十津川が、きいた。

緒方幸一は、しばらくの間、黙って考えこんでいたが、

「ひょっとすると」

と、小声で、いった。

「年齢から考えて、親父がおふくろ以外の女性との間に作った子供かもしれませんね」

と、緒方幸一が、いった。

「お父さんは、そういう、奔放なところのあった人ですか？」

「ひとりで旅に出て何日も帰ってこないような、そんな親父だったことは、亡くなったおふくろから、きいていました。出かける時には、必ずスケッチブックを持っていったそうですよ。そして、一週間とか、時には、それ以上、家に帰ってこないこともあったと、おふくろはいっていましたね」

と、緒方幸一が、いった。

「お父さんが会っていたのが、どういう女性か、しりたいですか？」

と、十津川が、きいた。

「どうしてですか？」

「私は、県警の刑事と一緒に、この女性が、どんな女性なのかを、調べたいと思っているのですよ。もし、あなたが、しりたいというのであれば、わかった時点で連絡をしますが」

と、十津川が、いった。

「そうですね」

と、いって、また一瞬考えてから、

「しりたいという気持ちもありますが、正直いって、今さらしったところで、仕方がないという気持ちもあります。でも、何かわかったら連絡してくださいますか？　私は明日、東京に、帰ります」

と、緒方幸一が、いった。

「わかりました。何かわかったら、連絡しますよ。彼女は高山で降りずに、富山行の『ワイドビューひだ3号』に、乗っていきました。どこまでいく用事があったのか、まず、その点から、調べましょう」

と、十津川が、いった。

「でも、そんなに、簡単にはわからないでしょう？　富山行の特急『ワイドビューひだ』は、高山を発車したあとも、いくつかの駅に、停まるわけでしょう？」

「そうですが、彼女が、高山を発車したあと、どこの駅で降りたのか、調べたらわかりましたよ」

と、十津川が、いった。

「どうして、わかったのですか？」

「これは、駅員さんが調べたんですがね、ある日、いつもと同じように、十時半頃に、お父さんは、この高山駅にやってきたそうです。そして、いつもと同じように、一〇時五五分着の『ワイドビューひだ3号』を待っていたのですが、その日に限って、どういうわけか、問題の女性が乗っていなかったそうです。その後、お父さんは落ち着いた様子で、次の『ワイドビューひだ5号』を待っていたのだそうです。つまり、女性のほうが、一列車遅れてしまったんですね。お父さんに、遅れるという連絡があったのでしょう。お父さんは帰らず、落ち着いて、ホームのベンチで『ワイドビューひだ5号』を待っていたんだと、思いますね。『ワイドビューひだ5号』は、一二時一四分に高山駅に到着しました。それまで根気よく、お父さんは、彼女を待っていて『ワイドビューひだ5号』に乗ってきた女性と、いつもと同じように、列車を切り離す間の五分間、ベンチで話をしていたそうです。ところで、この『ワイドビューひだ5号』なんですが、富山行じゃないんですよ。高山の次の停車駅、飛騨古川（ふるかわ）行の列車なのです」

十津川がいうと、緒方幸一は、

「ああ」

と、うなずいて、

「つまり、その女性の行き先が富山ではなくて、この高山の次の停車駅、飛騨古川だということが、わかったというわけですね。この『ワイドビュー5号』でも、会っていたということから、おそらく勤め先までいく列車だった。そういうことですね？」

「そのとおりです。ですから、その女性は、毎日通勤で特急『ワイドビューひだ』を使っていたとすれば、彼女の勤め先は、おそらく、飛騨古川にあったんですよ」

「しかし、わかるのは、そのくらいのものでしょう？　その先は厳しいのではありませんか？」

と、緒方幸一が、いう。

「いや、飛騨古川というのは、そんなに大きな町ではありませんからね。向こうにいって捜せば、飛騨古川にある、何という会社に、あるいは、何という店に、彼女が勤めていたのかがわかるはずですよ。私は、これから飛騨古川にいってみようと思っていますが、あなたは、どうしますか？　私と一緒に、飛驒古川にいきますか？」

と、十津川が、きいた。

「東京に帰るのは明日ですから、今日は時間があります。もちろん、十津川さんと一緒にいきますよ」

と、緒方幸一が、応じた。

3

飛驒古川も、高山と同じように古い町である。ただ高山のように、観光化されてはいなくて、古いたたずまいを、町のあちこちに今も残していた。

人口も、高山に比べれば、はるかに少ない。

やみくもに捜しても、問題の女性の働いていた店、あるいは会社は、そう簡単には見つからないだろう。

「みつけだすのは大変ですよ」

と、緒方幸一が、いった。

「いや、ひとつだけ、手がかりらしいものがあるのです」

「手がかり？　それは、何ですか？」

と、緒方幸一がきくと、十津川は、それには答えず、

「まず、その店を、捜しましょう」

と、いった。

「何の店を、捜すのですか？」

「高山市内には、漢方薬の店がたくさんありましたが、この飛騨古川にも、漢方薬の店がありますすね？　まず、その漢方薬の店を、当たってみましょう」

と、十津川が、いった。

「どうして、漢方薬の店を探すんですか？」

「お父さんは、漢方薬に詳しくて、タクシー運転手の話だと、いつも漢方薬を持っていて、それを、運転手にもわけてくれたそうです。ですから、ひょっとすると、高山駅で毎日五分間だけ話をしていた女性は、この飛騨古川で、漢方薬の店に勤めていたのかもしれないなと、考えたものですから」

と、十津川が、いった。

二人は、飛騨古川の町を歩きながら、漢方薬の店を見つけては、女性のことをきいてみることにした。

店の看板に〈江戸時代からの、漢方薬専門店〉と書かれている店があった。

二人は、そこに入ると、主人に、問題の女性についてきいた。

十津川が、説明をすると、それが終わるや否や、

「ああ、それなら、おそらく、北川弥生さんでしょう」

と、店の主人が、あっさりといった。

この店では、男女合わせて、十人を雇っているという。

「今、その北川弥生さんは、どうして、いますか？」

と、十津川が、きいた。

「五年間、うちで働いてもらっていたのですが、突然、やめてしまいましてね。今、ここには、いませんよ」

「いつやめたのですか？」

「やめたのは、今年の一月でした。正月休みのあと、二日ほど無断欠勤したので、どうしたのだろう、何かあったのかなと思って心配していたら、急に彼女から、電話がかかってきましてね。一身上の都合でやめたいというのですよ。よく働いてくれる、いい子だったので、引き留めたのですが、駄目でした。それで、わずかでしたが、退職金も、渡しました」

と、店の主人が、いう。

今年の一月といえば、去年の十一月四日に、緒方幸太郎が、高山で殺されているから、そのあとということになる。

「北川弥生さんの住所は、ご存じでしょうか？」

十津川が、きいた。

「ええ、もちろんわかっていますが、彼女は、今はもう、そこには住んでいないみたいですよ。彼女がやめたあと、用があって一度、電話をしてみたのですが、かかりませんでしたから」

と、店の主人が、いう。

「北川弥生さんは、どこから、通ってきていたんですか？」

十津川が、きくと、

「高山本線の、美濃太田から通っていましたね」

と、教えてくれた。

「美濃太田のどこに、住んでいたのか、わかりますか？」

「今も申しあげたように、電話はかかりませんでしたが、それまでの住所でしたら、わかりますよ」

と、主人はいい、美濃太田のマンションの住所を、教えてくれた。

もちろん、十津川は、美濃太田にいって、調べるつもりである。

「緒方幸太郎さんという、高山で亡くなった画家がいるのですが、その人が、この店に、漢方薬を、買いにきたということは、ありませんか？」

十津川が、きくと、

「いや、ありませんね。ただ、北川弥生さんが、誰かに頼まれたといって、うちで売っている漢方薬を、四種類買って、それを持っていったことはありますよ。それも、三回か四回は、あったんじゃなかったかな」

と、主人が、いった。

「誰に頼まれたのかを、彼女は、話していましたか？」

「いや、それについては、いくらきいてみても、何も話してくれませんでしたね。しかし、今になって考えてみると、誰かに頼まれて、四種類の漢方薬を買って、持っていったのではないかと、思いますけどね」

と、店の主人が、いった。

「どんな漢方薬かわかりますか？」

「うちの店で、いちばんよく売れている漢方薬ですよ」

と、いって、店の主人は、袋に入った漢方薬を四つ揃えると、十津川たちの前に置いた。

葛根湯、芍薬甘草湯、五苓散、加味逍遥散、その四つだった。

今回の殺人事件を調べていて、名前をきいた漢方薬の、四つである。

緒方幸太郎は高山の店でも、そうした漢方薬を買っていたが、彼が漢方薬を飲むようになったのは、北川弥生の影響かもしれなかった。

十津川と緒方幸一は、駅に戻った。

駅で名古屋行の特急「ワイドビューひだ」を待っている間に、十津川は、緒方幸一に、きいてみた。

「お父さんは、昔から、漢方薬を服用していましたか?」

「いや、そんなことは、なかったと思いますよ。家のなかには、漢方薬など、ひとつも置いていませんでしたから」

と、緒方幸一が、いった。

(やはり、緒方幸太郎が、漢方薬を飲むようになったのは、北川弥生の影響なのかもしれないな)

と、十津川は、思った。

飛騨古川の駅に、上りの「ワイドビューひだ20号」が入ってきた。飛騨古川一八時二六分発の名古屋行の特急だった。

次の高山駅で停車すると、この「ワイドビューひだ20号」は、高山から名古屋行の車両が連結されるのだ。ここから連結されて、三両編成が八両編成になって名古屋に向かう。高山から五両連結されるのである。

その時間は、七分間だった。

もちろん、今回は、十津川と緒方幸一は高山では降りずに、美濃太田まで、いくことにしていたから、七分間じっと、列車が発車するのを待っていた。

「お父さんは、時々、名古屋行の特急『ワイドビューひだ20号』が、今と同じように高山駅で連結されるのを待って、飛騨古川から乗ってきた北川弥生さんと、ホームのベンチで話をしていたようですね」

と、十津川が、緒方幸一に教えた。

七分間の停車のあと、二人を乗せた「ワイドビューひだ20号」は発車した。

美濃太田に着いたのは、二〇時一八分、午後八時十八分である。

漢方薬の店の主人にきくと、北川弥生が、この美濃太田で住んでいたマンションは駅から遠いというので、タクシーで向かった。

三階建てのマンションの、三階の角部屋に、北川弥生が住んでいたという。

管理人に、今、彼女が、どこにいるかしっているかときいた。

管理人の話によれば、北川弥生は、三年前から、このマンションに住んでいたが、今年の正月、突然、引っ越してしまった。行き先はわからないという。

「彼女は、このマンションに、ひとりで住んでいたんですか？」

と、十津川が、きいた。

「ええ、そうですよ。独身ですから、ひとりで住んでいましたよ」

部屋を見せてもらうと、その部屋は、２Ｋと呼ぶのだろう、四畳半の和室に、十畳ほどの洋室がついている。

部屋代は、毎月五万円だと、管理人が、教えてくれた。

「北川弥生さんを訪ねてくる人はいませんでしたか？」

十津川がきくと、管理人は、

「たしか、二回か三回ですが、彼女の父親くらいの年齢の人が、訪ねてきたことがありましたよ。あとになってから、高山の祭りを描いていて殺され、五百号の絵が失くなった画家だということをしりましたが、それまでは、ただのおじいさんとばかり思っていました」

「今年の正月の、いつ、引っ越していったんですか？」

「正月休みが終わってからです。急に引っ越すといって、そそくさと、出ていってしまいました」

「どこの運送会社に、頼んで引っ越していったのかわかりませんか？」

「いや、運送会社を頼んだんじゃなくて、自分でトラックを借りてきて、それに、荷物を積んで引っ越していきましたよ。ひとり暮らしだから荷物も、少なかったみたいだし、そもそも彼女は、何でもひとりで、てきぱきとやってしまうような女性でしたから」

と、管理人が、笑った。

「彼女が、高山本線の飛騨古川にある漢方薬の店で働いていたことは、しっていましたか？」

と、緒方幸一が、きいた。

「ええ、しっていましたよ。いつだったか、私が風邪を引いて、熱を出して寝こんでしまったことがあって、その時に、これがよく効くからといって、北川さんが、漢方薬をくれたことがありましたから」

と、管理人が、いった。

十津川は、管理人に、このマンションの住人で、北川弥生と、特に親しくしていた人がいたら、紹介してくれるように、頼んだ。

その結果、紹介されたのは、名古屋の大学に、通っている二年生の女子大生だった。名前を野村樹里(のむらじゅり)といい、北川弥生の隣の部屋に住んでいるという。

幸い、今、部屋にいるというので、十津川は、近くの中華料理店に誘って、食事をしながら、北川弥生についての話を、きくことにした。

野村樹里という女子大生は話し好きで、他人のプライベートな面を探(さぐ)るのが好きだという、若い十九歳の女性だった。

「あなたと北川弥生さんは、以前から、仲がよかったんですね?」

「ええ、私が風邪を引いて、高熱が出て学校を休んでいたら、北川さんが、これが効くから飲みなさいといって、漢方薬をくれたんですよ。それから親しくなって、休みの日なんかには、北川さんと一緒に名古屋に出て買い物をしたり、食事をしたりしましたよ」

と、野村樹里がいう。

「北川弥生さんが、何歳だったかしっていますか?」

「たしか、二十六歳だったんじゃなかったかしら? 彼女が、そういっていたような、気がします」

「ということは、二十六年前に、どこかで生まれたわけでしょう？　自分の家族について、あなたに、話をしたことがありましたか？」

「お父さんのことは、きいたことがありませんでしたが、お母さんのことは、話していました」

と、野村樹里が、いった。

「どういうお母さんで、北川弥生さんが生まれた時、そのお母さんは、どこで、何をしていたか、きいていますか？」

緒方幸一が、きいた。

「たしか、下呂温泉で、芸者さんをやっていたみたい」

「それじゃあ、今でも、下呂温泉に住んでいるんでしょうか？」

「いえ、何年か前に亡くなったので、それで北川さんは、このマンションに引っ越してきて、飛騨古川の漢方薬のお店で、働くようになったと、いっていましたよ。何でも、そのお店は、元々、お母さんと親しかったみたいですけど」

「下呂温泉で、芸者さんをやっていたとすると、北川さんのお父さんのほうは、今でも、下呂温泉にいるのでしょうか？」

「そこがちょっと難しいんですけど、北川さんは、下呂温泉で芸者をやっていたお母さんと、お客さんとの間に生まれたといったようなことを、話していました」

「そのお客さんの名前を、北川さんは、あなたに、話したことがありますか？」

「私は興味があったから、そのことをきいたんですけど、教えてくれませんでしたね。でも、普通のサラリーマンではなくて、画家だった。それを亡くなったお母さんが自慢していたと、北川さんは、そんな話をしていましたよ」

と、野村樹里が、いった。

十津川は、少しずつ、緒方幸太郎に、近づいているような気がした。

「北川さんは、今年の正月に突然、このマンションから引っ越してしまいました。その時、何かあなたに挨拶をしていきましたか？」

と、緒方幸一が、きいた。

「北川さんって、普段は、もの静かで大人しい人なんですけど、いざとなると実行力があるというのかしら、小型のトラックを借りてきて、それに、荷物を載せて引っ越してしまったんですよ」

「その時あなたに、何かいってから、引っ越していったのですか？」

「引っ越すことになったからといって、一応、挨拶にはきたので、どこにいくのかときいたんですけど、何も教えてくれませんでした。何か怒ってるみたいな顔でした」

「北川さんは、高山本線の飛騨古川にある漢方薬の店で、働いていたのですが、その店も、正月にやめているんですよ。これからどこに引っ越していって、次にどんな仕事をするのかも、あなたには、いわなかったのですか？」

「会社とかお店の名前はいいませんでしたけど、変なことをいってました。これから三年間、三十歳になるまで絵を描いてみるつもりだと、そんなことをいってたんです」

「絵を描くといったのですか？」

「そうなんです。もともと、北川さんは、絵を描くのがうまかったんです。私に絵を描いてくれたことも、あったんです」

「どんな絵ですか？」

「私の顔」

「その絵、今も持っていますか？」

「ええ、持っていますよ」

「できれば、その絵を見せてもらえませんか？」

と、十津川がいうと、野村樹里はすぐマンションに戻って、その絵を持ってきて、十津川たちに見せてくれた。

パステル画だった。

たしかに、素人が描いたにしてはうまい絵だった。野村樹里の特徴を、よく摑んで描いている。

「たしかに上手ですね」

と、十津川は、いってから、

「もう一度確認しますが、今年の正月に引っ越す時、あなたに、三十歳になるまでの三年間、絵を描いてみると、北川さんはいったのですね？」

と、念を押した。

「ええ、そういいましたよ。でも、何となく、わたしには信用できませんでした。たしかに、絵はうまいんですけど、何のために描くのかわからなくて」

と、野村樹里が、いう。

「しかし、素人にしては、うまいですよ。誰かに、絵を習ったんだろうか？」

と、緒方幸一が、いった。

「それはきいたことがありませんね。でも、身内の人に、習ったんじゃないかしら？美術大学とか、専門の学校を、出たわけじゃないようだから」

と、野村樹里が、いった。

野村樹里は、それ以上のことは、しらないようだった。

彼女とわかれたあと、時間が時間なので、二人は、美濃太田の町のなかにある、旅館に泊まることにした。

翌日になると、緒方幸一は、どうしてもパスできない用事があるからといって、朝早く東京に戻っていき、十津川ひとりだけが、朝食をすませてから、下呂温泉に向かった。

下呂温泉には、少なくなったが、まだ芸者がいた。

十津川は、検番（けんばん）にいって、問題の芸者のことを、調べてもらうことにした。

二十六年前に、下呂温泉に遊びにきた画家との間に女の子が生まれて、その女の子が今、北川弥生と名乗っていると、十津川が伝えると、

「それなら、涼香（すずか）さんだわ」

と、検番の女性が、いった。

「その女性は、もう亡くなっているのですか？」

「ええ、今から五年ほど前に、病気で、亡くなりました」

「その涼香さんという芸者さんですが、自分が生んだ女の子と一緒に、この下呂温泉

に住んでいたんですか？」

「子供を育てるのに、芸者をやっていたら、子供に与える影響が心配だといって、富山の実家に、帰っていきましたよ。ですから、富山で子供を育てていたんじゃないですかね？」

富山では、涼香という芸者の実家は、漢方薬を作る、かなり大きな店を、やっているという。

（今度は富山か）

と、思いながら、

「母親の涼香さんが亡くなってから、子供の北川弥生さんは、美濃太田に住んで、飛驒古川にある漢方薬の店に勤めて、毎日、高山本線で通っていたみたいなんです。ところが、今年の正月休みのあと、突然、店をやめて、美濃太田のマンションも、引っ越してしまいました。彼女が今、どこで何をしているか、ご存じありませんか？」

と、十津川が、きいた。

「わかりませんが、富山の実家に帰ったのではありませんかね？　たぶん、ほかに帰るところはないと、思いますから」

と、検番の女性が、いった。

十津川は、今度は、高山本線で、終点の富山に向かった。

4

富山は、北陸新幹線の開通で賑わっていた。終点の金沢にも、新幹線に乗ってやってくる観光客が、増えたというが、その金沢ほどではなくても、この富山でも観光客が増えたらしい。

それでも明らかに、名古屋や下呂温泉や高山とは、違った雰囲気を持っていた。おそらくそれが、日本海側の都市の持つ、雰囲気というものなのだろう。

問題の店は、すぐにわかった。北川薬局という名前の店は、一軒しかなかったからである。

いってみると、漢方薬の店もやっていて、店の裏が、漢方薬を作る工場になっていた。

店に入ると、やはり、ここでも漢方薬の匂いがした。

十津川が、警察手帳を見せて、北川弥生のことをききたいというと、すぐ奥の座敷に通された。

十津川の相手をしてくれたのは、この店のオーナーである女性、つまり、北川弥生の祖母である。

「北川弥生さんのお母さんは、この店の娘さんで、下呂温泉で、芸者さんをやっていたそうですが、どうして最初からこの店で働かなかったんですかね？」

と、十津川が、きいた。

「主人と、若い時に、喧嘩をしてしまったんですよ。たしか、高校を卒業する、少し前でしたかね。それで、家を飛び出してしまって、ずいぶん、探したんですよ。三年ほど経ってから、下呂温泉で、芸者をやっていることがわかりました」

と、祖母が、いった。

「その後、子供の北川弥生さんと、ここに戻ってきたのですね？」

「ええ、そうなんですよ。子供が生まれてしまったので、子供は、芸者をやりながらではなくて、落ち着いたところで育てたい。そういって、帰ってきました。主人は、最初のうちこそ、今さら帰ってきてといって、怒っていましたけど、やはり孫が可愛いのか、仲直りしました」

「娘さんは、何という名前ですか？」

「節子ですよ。北川節子」

「その北川節子さんは、何年か前に、亡くなったんですね？」

「今から五年前でしたかね。肺がんで亡くなりました」

「亡くなるまで、北川弥生さんのお父さんのことについては、何か、話していませんでしたか？」

と、十津川が、きいた。

「いいえ、何も話してくれませんでした。こちらがいくらきいても、教えてくれなかったんですが、しつこく何回もきいたら、最後にはやっと、画家の、偉(えら)い先生だと教えてくれましたけど、話してくれたのは、それだけでした」

「それで、北川節子さんが亡くなったあと、弥生さんは、この家を、出てしまったんですね？」

「そうなんですよ」

「どうしてでしょう？」

「ほかにも孫ができて、そのせいで、居づらくなったのかもしれませんね。ほかの孫は、所帯を持った父親と娘との間に生まれていて、両親も、よくこちらに遊びにきていましたから、そのなかで、弥生だけが、何か浮いた感じになってしまって、それで弥生は、家を出てしまったのではないかと、思いますけどね」

「家を出てからの北川弥生さんのことは、何か、わかっていましたか？」

「いいえ、何の連絡もなかったので、まったくわかりませんでした。ただ、うちで働いている従業員のひとりが、高山本線のなかで、弥生らしい女性を見かけたという話をしていたことがありましたけど、実際、今どこにいて、何をしているのか、まったくわからなかったんですよ」

「本当に、北川弥生さんの行方は、わからないのですか？」

改めて、十津川が、きくと、

「ええ。向こうから連絡してこないんで。ただ一度だけですけど、突然、帰ってきたことが、ありましたよ」

「それは、いつですか？」

「今年の正月でした。突然訪ねてきて、変なことをいうのです」

「変なこと？　いったい、どんなことですか？」

と、十津川が、きいた。

「亡くなった母がわたしのために、貯めてくれていたお金があったはずだ。それを、もらいたいと、いうんですよ」

「どうしてですかね？」

「私には、わかりません。たしかに、母親の節子は、万が一のことを考えて、娘の弥生のために、貯金をしていました。私も、そのことは、しっていたのでいわれるままに、その通帳と印鑑を、弥生に渡しましたけど、それを受け取ると、すぐに帰ってしまいました」

「どのくらいの、金額だったんですか？」

「たしか五百万円だったと思います」

「それを、弥生さんに、そのまま渡したんですね？」

「ええ、そうです。もともと弥生のために、亡くなった節子が、一生懸命、貯めていたお金ですから、弥生のものなんですよ」

「その時、弥生さんは、何もいわずに、印鑑と通帳を受け取って、帰ってしまったのですか？」

「ええ、そうなんですよ。いろいろと、きいたんですけど、結局、何も、答えてくれませんでした」

5

十津川は、富山駅に、戻った。

北川弥生が、何のために、五百万円の貯金をもらうために一日だけ実家に帰ったのか、大体の想像はついた。

彼女は、三年間、絵を描きたいといった。その間、自由に時間を使うためには、どうしても、五百万円の金が、必要だったのだろう。

十津川は、東京に戻るべきか、それとももう一度、高山、あるいは下呂温泉を訪ねるべきかを迷った。そして、高山に戻ることにした。

高山に着いた時は、すでに、夜が深くなっていたので、今日は、駅近くの旅館に、チェックインすることにした。

寝る前に、東京にいる、部下の刑事たちに今までにわかったことを告げてから、十津川は、布団(ふとん)に入った。

十津川が高山に戻ることにしたのは、北川弥生が三年間、絵を描くといっていたからである。

翌日、十津川は県警の本橋警部に連絡を取ると、高山市内のカフェで、会って話し合うことにした。

十津川が、北川弥生と緒方幸太郎のことを告げると、

「これで捜査は、大いに、進展すると思いますね」

本橋が、嬉しそうに、十津川にいった。

本橋と話している間に、十津川の携帯電話が鳴った。相手は、美濃太田の、北川弥生が住んでいたマンションの管理人だった。

「どうしました？　何か、ありましたか？」

「刑事さんが、どんなことでも構わないので、思い出したら、電話をくれと、そういっていたので」

と、管理人が、いった。

「北川弥生さんの、どんなことを、思い出したんですか？」

と、十津川が、きいた。

「引っ越しをする前ですが、北川さんは、中古の軽自動車を、買っているんです。引っ越す時には、トラックを借りてきて、家具などの大きな荷物は、それを使っていましたが、最後に大事なものだけは、軽自動車で、運んでいきました」

と、管理人が、いった。

「その軽自動車のナンバーは、岐阜ナンバーでしたか？」

「ええ、そうです」

「ナンバーは、わかりますか？」

「いえ、わかりません。注意して見ていませんでしたから。ただ、ツートンカラーの洒落(しゃれ)た感じの、今どきの若い女性が好みそうな軽自動車でしたね」

管理人が、教えてくれて、電話が切れた。

「北川弥生は、仲のよかったマンションの住人に向かって、三年間、絵を描くといって引っ越していったのですが、絵を描くのに必要なので、中古の軽自動車を買ったような気がするんですよ。それに、絵の具とか、スケッチブックを積んで、絵を描きにいくつもりなんじゃないかと、思いますね」

と、本橋が、いった。

「そうだとすると、高山の町を描くつもりなのでは、ありませんかね？ 殺された父親の緒方幸太郎が、描いていたのが高山のお祭りで、五百号の大作でしたから、娘の北川弥生も父親を真似て、この高山の町を題材にして、絵を描くつもりなんじゃないでしょうかね？ 自由に市内を見て回るための足として、必要になるので、中古の軽自動車を買ったのではないかと思いますが」

「おそらく、そうでしょうね。その可能性は大きいと思います」

と、本橋も賛成した。

「それでは、これから高山の町を捜してみましょうか？　彼女が見つかるかもしれません」

と、十津川が提案し、二人は、県警のパトカーを使って、高山の町を、回ってみることにした。

町のところどころで、スケッチをしている人がいたが、北川弥生らしい女性は、見つからず、彼女が乗っていると思われる軽自動車も、見当たらなかった。

二人の刑事は、高山駅の前でパトカーを停めると、

「なかなか、見つかりませんね。少しばかり簡単に考えすぎていましたかね？」

と、本橋が、苦笑した。十津川も、

「たしかに、北川弥生という女性が、亡くなった緒方幸太郎の娘だというので、絵を描くといえば、高山の町を描くのではないかと考えたのは、ちょっと、短絡すぎたかもしれませんね」

「今日、夕方から、高山警察署で捜査会議を開くことになっています。十津川さん

も、ぜひそれに出て、今までにわかったことを、話してください」

と、本橋が、いった。

こちらの捜査本部は、高山警察署のなかに置かれている。そこで、午後五時から捜査会議が開かれて、十津川も出席した。

県警の捜査の目的は、もちろん、去年の十一月四日に、屋台会館で殺された緒方幸太郎の犯人捜しである。

捜査員たちを前に、捜査一課長が、まず、最初に見解を口にした。

「正直にいって、当初、捜査は簡単に終わるだろうと思いました。何しろ殺されたのが、最近になって、名前の出てきた緒方幸太郎という画家でしたし、彼は、高山祭の絵を描いていました。それも、五百号という馬鹿でかい絵です。当然、犯人も限られてくると考えたので、解決は近いと思ったのですが、予想に反して、今日までかかってしまいました。依然（いぜん）として、容疑者すら浮かんできません。それには、二つの理由があると考えています。もし、画家の緒方幸太郎が、殺されたというだけの事件でしたら、容疑者の範囲も限定されますから、捜査は、それほど、難しくはなかったと思うのです。第二の問題は、殺された画家の描いた、五百号の大作が盗まれたと思われることで、犯人の目的が、どちらにあったかの判断が難しくなってしまいました。犯人が、絵がほしかったために緒方幸太郎を殺したことも考えられますし、そんな大作を描いた緒方幸太郎の才能を憎んで、彼を殺してしまったということも考えられます。動機がひとつに絞(しぼ)れなくなってしまったのです」

捜査一課長の話が終わってから、県警本部長にうながされて、次に、十津川が、現在までに、わかっていることについて説明した。それは主として、緒方幸太郎という七十五歳で死んだ画家と、彼の娘と思われる、若い北川弥生とが、毎朝のように、高山駅のホームで会っていた話から始まった。

第六章　娘の行方（ゆくえ）

1

一週間後、十津川は、高山で県警の本橋警部ともうひとり、緒方幸太郎の息子、緒方幸一の三人で会うことにした。

場所を高山に選んだのは、今回の事件が、高山を中心にして起きているからである。

話し合う場所は、高山市内でもっとも古いといわれている旅館にした。老舗（しにせ）の旅館を選んだのは、ここの女将、あるいは従業員であれば、高山市内で起きた古い問題についてよくしっているだろうし、下呂温泉に関する知識もあるに違いないと、思ったからである。

この日の十津川は、ひとりだった。いつも十津川に同行している亀井刑事には、新しく名前の出てきた北川弥生について、東京でいろいろと調べてもらっていたからである。

旅館〈蓬莱〉で三人で会った時、十津川は、今までの捜査方針について改めて二人に説明した。

十津川は、事件の発端から現在までの経緯を、自分を批判する形で説明した。

「今回の一連の事件は、高山で緒方幸太郎さんが殺され、続いて、東京で発生しました。岐阜の地方紙に連載小説の挿絵を描く約束になっていた売れない画家が、突然、殺されてしまったのです。名前は、橋本誠。新聞連載の一回分の原稿料が、若手の女性作家とこの画家の二人で二万円。安い契約です。それに、どんなストーリーになるのかわかっていませんし、どんな絵を描くかもわかっていませんから、この売れない画家が殺される理由は、何ひとつないのです。したがって、事件が起きた時、われわれも、地方新聞の担当者も、なぜこの売れない画家が、殺されてしまったのか、動機がまったくわかりませんでした。わかっていたのは、この橋本誠が、緒方幸太郎さんと同じ美術大学の出身者、後輩に当たるということだけでした。つまり、手がかりは、緒方幸太郎さんとの関係しかなかったのです。そこで、緒方幸一さんにおききしたいのですが、殺された橋本誠は時々、あなたのお父さんのところに、遊びにきていたんじゃありませんか？」

と、十津川が、きいた。

「十津川さんのいうとおり、私の亡くなった親父は、自分に金がない時でも、後輩の若い画家なんかには、よく、奢っていましたね。そのせいか、少しずつ売れるようになってきてからは、売れない画家が、家を訪ねてきましたね。なかには、食事をしたり、飲んだりするだけではなくて、何日も泊まっていく若い画家もいました。十年前に、親父は完全に帰ってこなくなりましたが、そうなると、さすがに若い画家も、訪ねてはきませんでした。ですから、今、十津川さんがおっしゃった橋本という若い画家は、時々うちにきて、食事して泊まっていきましたよ」

と、緒方幸一がいう。それに合わせるように、

「われわれ警察も『春の高山祭』の絵が高値を呼んだことから、ここにきて、緒方幸太郎さんが有名になっていることをしって、今回の殺人事件の、本当の動機のようなものを、やっと見つけることができたのです。詳しい動機は、まだよくわかっておりませんが、売れない画家が殺された理由のひとつに、緒方幸太郎さんと『春の高山祭』の絵が関係していることは間違いないと、そう確信しています」

そのあと十津川は、緒方幸一に、

「あなたは、北川弥生さんのことをご存じなかったようですね？」

と、きいた。

緒方幸一は笑って、

「親父が、まったく帰ってこなくなってからは、どこかに子供を作っていたかどうかについて、おふくろも僕たちも、関心がなくなってしまっていたんですよ。すでに十年、家に帰ってこなくなっていましたからね」

「しかし、最初の頃は、いろいろと気になっていたんじゃありませんか？　特にお母さんは」

と、十津川がきくと、緒方幸一は、また笑った。

「それは、亡くなったおふくろだって、若い時には、ずいぶんと焼きもちを妬いていたようです。もともと、親父には放浪癖があって、スケッチブックを持って、温泉なんかにいっていたらしいですよ。温泉に逗留して絵を描いていたのが、そこにきていた女性と、仲よくなってしまうんですよ。十年前にとうとう出ていってしまって、たぶん、それ以前に親父は下呂温泉にきて、そこにいた芸者との間に、北川弥生という娘を儲けていたんだと思います」

「亡くなったお母さんは、北川弥生さんのことを、しっていたんだろうか？」

と、県警の本橋が、きいた。

「そうですね。はっきりとはしらないまでも、子供がほかにいるらしいということは、薄々、感づいてはいたとは思うのです」

「どうしてそう思うんですか？」

「親父は、少しずつ売れるようになっていった。親父の絵を買う画商も出てきて、だから、家には帰ってこなくても、時々、お金だけ送ってきていたのです。そのお金が、突然、ぴたっとこなくなってしまったんです。十年前です。その時おふくろは、どこかに子供がいると、感づいたんじゃないでしょうか？」

と、緒方幸一が、いった。

十津川は、北川弥生の写真がほしかったのだが、とうとう、手に入らなかった。

県警の本橋が高山駅に頼んで、少しぼやけてはいたが、北川弥生と緒方幸太郎の二人が、ホームのベンチに並んで腰をかけている写真を手に入れ、それをコピーして全員に配ってくれた。

「こうして見てみると、北川弥生という女性は、たしかに、殺された緒方幸太郎さんに、似ていますね」

と、県警の本橋が、いう。

しかし、緒方幸一は、

「そうですかね。僕には、似ているように見えませんが」

と、面白くなさそうな顔で、いった。

「ところで、この北川弥生さんですが、まだ見つかりませんか？」

今度は、十津川が、県警の本橋警部に、きいた。

「十津川さんから、彼女の話をきいたので、高山駅で何とか彼女の写真を手に入れ、高山市内を捜し歩いているのですが、残念ながら、まだ見つかっていません。今のところ、高山市内のホテルや旅館、あるいは、下呂温泉のホテルや旅館などには泊まっていないようですね」

と、本橋が、いった。

「何とかして、一刻も早く見つけたいのですよ。もしかすると、彼女が、五百号の『春の高山祭』の絵のあるところを、しっているかもしれません」

と、十津川が、いった。

「彼女が、自分も親父と同じように絵を描くといって、祖母のところから五百万円を持っていったというのは、本当の話なんですか？」

これは、緒方幸一が、十津川に、きいた。

「ええ、間違いありません。そこで、私なんかも、てっきり亡くなった父親の真似をして、スケッチブックを持ち、高山市内の風景を描こうとしていると思ったんです。しかし、違っていましたね。いくら捜しても、彼女は見つからないし、県警の本橋さんも、見つけることができないのですから、この高山の町を歩いて、スケッチしているとは、どうしても、思えなくなりました」

「それでは、どんな絵を描こうとしているんでしょうか？」

「彼女は、緒方幸太郎の娘だし、問題の絵のことをしっているのかもしれないわけなので、私は、てっきり父親と同じように、高山の市内や、高山祭を、スケッチするものとばかり思っていたのですが、違っていましたね」

と、十津川がいい、本橋もうなずいていた。

「それにしても、突然出てきた、この二十六歳の北川弥生という女性ですが、いったいどんな女性なんですか？　子供の時は、絵がうまかったのでしょうか？　今のところ、それすらわかりません」

悔しそうに、本橋が、いう。

「実は、現在、亀井刑事に、彼女のことを調べさせています。それで亀井刑事が、こちらへの到着が一日遅れるのですが、明日もう一度、お会いしましょう。その時、亀井刑事が、ある程度、北川弥生について報告してくれるはずです」

と、十津川が、いった。

2

翌日、十津川は、同じ高山市内の古いが別の旅館に移って、そこで、県警の本橋警部、緒方幸一と会った。

少し遅れて、亀井刑事が、到着した。

その亀井が、手に入れてきた何枚かの写真を、コピーして全員に配った。

それは、幼少時代の北川弥生、中学校、高校時代とあり、そのあと、漢方薬局だった飛騨古川の店で、働くようになってからの、いずれも、顔がはっきり映った写真が、全員に、配られた。

その写真を見ながら、亀井刑事が、調べてきたことを、ほかの三人に報告する。

「彼女は、地元の中高時代は成績は中位で、おとなしくて、目立たない生徒でしたが、皆さんが、関心を持っておられる絵の才能は、少女時代からすでにはっきりしていて、全国高等学校美術展で、彼女は三年間優勝し、その絵は今でも、全国高校記念館に保存されているそうです。おそらく、彼女の絵の才能は、亡くなった父親緒方幸太郎さんから、受け継いだものと思われます。彼女は、母親が、以前は芸者だった北川節子さんで、その娘ということになっています。問題は父親のほうですが、彼女の戸籍を調べてみると、母親の名前はありますが、父親の名前はありません。その点、画家の緒方幸太郎さんは、わりとルーズな人だったようで、彼女が生まれた時に、認知をすることを忘れたのか、あるいは、母親の北川節子さんのほうが、認知を望まなかったのかもしれません。もうひとつ、ここに息子さんがいらっしゃるので確認をしておきたいのですが、父親の緒方幸太郎さんが、家を出て帰ってこなくなったあと、亡くなったお母さんは、離婚の届を出そうとしていたんですが、そのことは、しっていましたか？」

と、亀井が、緒方幸一に、きいた。

「いや、しりませんでした。亡くなったおふくろは、父親はいないものだと思えと、よく、いっていましたから、てっきり離婚しているものだと思っていました。しかし、離婚届を出そうとしても、親父のほうがなぜか判子(はんこ)を押さなかったとすると、今どうなっているのか、僕にもまったくわかりません」

と、緒方幸一が、いった。

「亀井さんの話が事実とすると、問題の北川弥生は、母親の北川節子の娘ではあっても、画家、緒方幸太郎の娘では、ないということになりますよね？　そうなると、問題の五百号の大作が見つかったとして、その所有者は、この北川弥生ではないということになるんでしょうか？」

と、本橋が、十津川を見た。

「そうですね。そういうことに、なるかもしれませんね」

「しかし、母親の北川節子が、正式な結婚をしていなかったとしても、北川節子と緒方幸太郎が、何年も内縁関係にあったとすれば、今の民法では、夫婦同然と、認められるのではありませんか？　そうなれば、問題の五百号の絵は一応、内縁の妻である、北川節子のものであり、また、その娘である、北川弥生のものでもあるのではありませんか？」

と、本橋が、いった。

「しかし、こちらの緒方幸一さんのほうも、正式に両親が離婚をしているかどうか、わかりませんからね。何ともいえないんじゃないですかね。もし、その離婚が認められていなければ、緒方幸太郎の問題の絵の所有権は、亡くなった妻のものであり、その妻の子の緒方幸一さんのものでもあるのではないでしょうか？　しかし、これは、法律の問題があるので、自信はありません。すぐ、調べましょう」

と、十津川が、正直にいった。

「もうひとつ、問題があったはずだ」

十津川が、亀井に、きく。

「私がもうひとつ、調べていたのは、今回の一連の事件で、殺された、売れない画家のことなのです。彼は四十五歳。美大を優秀な成績で卒業したのですが、彼自身の絵が、時代に合わないのか、卒業後、二十年以上経っても、まったく絵が売れませんでした。そんな状況ですから、もちろん結婚も、していません。面白いのは、同じ美大を卒業している、先輩の緒方幸太郎と、親しくつき合っていたらしいということです。というよりも、この若い画家のほうが、緒方幸太郎に、一方的に甘えていたといったほうが、いいかもしれません。普通、先輩がやっと売れるようになると後輩は遠慮するものですが、この橋本は別で、緒方幸太郎により近づいて、一緒に温泉巡りをしたり、一緒にスケッチ旅行をしたりしていたようです」

「確認するが、橋本と緒方幸太郎とは、どの程度親しくて、いつ、どこで会ったり、つき合ったりしていたんだ？」

と、十津川が、きいた。

「緒方幸太郎は、ここにきて、画商にも注目されるようになり、下呂温泉の旅館の大女将に、部屋をアトリエとして提供されて、そこで問題の高山祭の絵を描いていたわけですが、さほど売れていなかった頃にも、緒方幸太郎は、下呂温泉にいって、スケッチをしながら、滞在をしていたのです。もちろん、滞在先は大きなホテルではなくて、小さな旅館でしたが、実は、そこで、売れない若い画家が、アルバイトをしていたのです」

「それは本当かね？」

「本当です。その旅館は『あけぼの館』といって、今はもうありませんが、橋本は、そこで、アルバイトをしていました。美大の学生の頃からです。旅館の主人とは、遠い親戚だったようですから、厳密な意味で、アルバイトだったかどうかはわかりません。その頃、緒方幸太郎が『あけぼの館』に宿泊するようになったのです。問題の芸者との関係が、できたのは、おそらく、その頃だろうと思われます」

「その緒方幸太郎との関係を、東京で殺された、売れない若い画家の橋本誠は、しっていた。つまり、そういうわけだな？」

と、十津川が、きいた。

「そのとおりです。その後、彼は美大を卒業しましたが、依然として売れません。一方、緒方幸太郎のほうは、大きな旅館に泊まって、高山祭の絵を描き始めたのです。片方は絵が売れるようになり、有力な画商もついたのですが、橋本のほうは、依然として売れずに、新聞連載小説の挿絵を描くようになりました。今もいったように、緒方幸太郎と芸者の関係とか、子供が生まれて、その子供が北川弥生であることなどは、橋本は、当然、しっていたはずです。たぶん、彼が殺されたのも、そのことが、動機になっているのではないかと、考えています」

と、亀井刑事が、いった。

「しかし、売れない画家が、なぜ殺されたのか、そう簡単には、わからないんじゃないのかね？」

「それで今、西本刑事や日下刑事たちが、東京で調べていますから、何かわかれば、すぐにこちらに報告してくるはずです」

と、亀井が、いった。

三人の刑事と緒方幸一の四人は、捜査対象に圧力をかけることにして、漢方薬局のオーナーになっている、北川弥生の祖母に会いに出かけた。

今回も、会ってくれはしたが、孫の北川弥生が、今どこで、何をしているかについ

てきくと、祖母は、

「私にも、わからないんですよ。こちらから連絡をしようにも、どこにいるのかも、わかりませんし、向こうからも、何の連絡もないので困っています」

と、いう。本当かどうかわからない。

念を押しても、答えは同じだった。

三人の刑事と、緒方幸一は、空しく高山に戻ってきたが、一般人の緒方幸一は、祖母は嘘をついていないといい、三人の刑事は、孫に頼まれて、嘘をついているつもりはないだろうが、どこにいるのかをいわないことに、しているのではないかと、疑った。

その日の夜遅く、東京の西本刑事と日下刑事の二人から、高山市内の旅館に泊まっていた十津川に、電話が、かかった。待っていた電話だった。

「何かわかったらしいな」

と、十津川がいうと、西本刑事が、弾んだ声で、

「東京で殺された画家の橋本ですが、絵の才能には、ある意味、恵まれていて、学生時代は、有名な画家の、有名な作品を模写して、才能を磨いていたのですが、どうにも自分の絵が売れなかったために、贋作をして、それを売りつけたことがあったこと

がわかりました。贋作した相手は、先輩画家の緒方幸太郎です。最近、緒方幸太郎の絵が売れるようになって、有力な画商がついたあと、橋本誠は金に困って、よくしっている、先輩の緒方幸太郎の絵を模写して、それを画商に、売りつけたのです。それが、殺人の動機になっているかどうかはわかりませんが、ひとつの殺される理由には、なるだろうと思って、電話しました」

と、いった。

「引き続いて調べてくれ」

と、いって、十津川は、電話を切った。

翌日、十津川は、県警の本橋警部と緒方幸一の二人に、殺された売れない画家が、緒方幸太郎に人気が出てきたので、どうやら贋作をして、それを売りつけていたらしいという話をした。

「動機としては充分ですね」

と、本橋が、いった。

「私は、どんな絵を描いていたのか、それを見たいですね」

と、いったのは、緒方幸一だった。

その後、緒方幸一は、いったん東京に帰るといい、本橋も、県警本部のほうで捜査会議があるといって、十津川たちと、わかれた。

亀井と、二人になった十津川は、高山市内で昼食を取った。

「緒方幸一ですが、会うたびに、顔つきが変わってきていますね」

と、亀井がいう。

「そんなに顔つきが変わってきているかい？」

と、十津川が、きいた。

「間違いなく、あの顔は、何とかして問題の、五百号の絵を自分のものにしたいと考え、そういう欲望が、一日一日強く出ていますよ」

と、亀井が、いった。

「そういえば、家を出て十年目に父親の死をしらされて高山にきた時は、いかにも面倒くさそうな顔をしていたね。それが、ここにきて、時々、高山や下呂温泉に、顔を出すようになってきた。父親のことを、見直したというよりも、やはり、あの五百号の大作の絵のことが、気になるのかね？」

十津川は、少しさびしい気持ちに、なっていた。

昼食のあと、十津川が、

「問題の北川弥生は、地元の高校を卒業している。君の報告によれば、その頃から絵が抜群にうまかったというわけだろう？　どうだろう、彼女の絵を、高校に、見にいかないか？」

と、誘った。

北川弥生が、卒業した学校は、ＪＲ富山駅から歩いて十五、六分のところにあった。私立の学校で、部活が、盛んな高校として有名だという。

高校の事務室で、十津川が話をすると、事務室長が、毎年、美術部の卒業生が卒業記念に、描いていった油絵を見せてくれた。

「うちは、富山の高校のなかでは、際立って絵の才能に恵まれた卒業生が、多い高校だといわれています」

と、事務室長が、自慢げに、いった。

もちろん、北川弥生は、一年生の時から美術部に入っていて、その絵の才能は、特に際立っていたという。たしかに、卒業記念に描いていった油絵は、素人の十津川が見ても、才能を感じさせる、高山祭の絵だった。

今でも、美術部の顧問をやっているという六十歳の飛田という美術の教師に、北川弥生の絵について、話をきいた。

「ご覧のように、大げさではなく、天才的な絵のタッチです。何しろ十代で二科展入選ですから。このまま女流画家として大成すると思っていたのですが、なぜか、彼女は漢方薬のほうに、進んでしまいましてね。今でも、惜しいなと思っているんです」

「彼女の父親が、今、有名になってきた緒方幸太郎だということは、ご存じですか？」

と、十津川が、きいた。

飛田は、笑って、

「もちろん、しっていますよ。やはり才能なんですかね？　父親の才能を、引き継いだのかもしれません。ただ、本人に画家になる気があるかないかで、違ってきますが」

「父親に、絵の特徴が、似ていますか？」

と、亀井が、きいた。

「そうですね。やはり、どこか似ていますね。たぶん、父親の絵をいつも見ていたから、自然に、似てきたのではありませんか？」

と、飛田が、いった。

「実は、理由があって、北川弥生さんを捜しているんですよ。何とかして彼女に会って、話をききたいと思っているんですが、実家に、問い合わせをしても、行き先がわからないといわれて困っています。先生のところには、何か、彼女からの連絡は、入っていませんか？」

と、十津川が、きいた。

「そうですね。高校を、卒業したあと、二回ほど絵入りの手紙を、もらったことがありますが、その後は、まったく連絡がありません。ところで、どうして警察は、彼女の居どころを探しているのですか？　まさか、彼女が何か、犯罪を起こしたというわけじゃないでしょうね？」

「そういうことではありません。先生は、彼女の父親、緒方幸太郎が、五百号の大作を描きあげて、殺されて、その絵が現在、行方不明になっていることは、ご存じでしょう？」

十津川が、きくと、飛田が、大きくうなずいて、

「その話なら、よく、しっています。私は、もう絵を描くのは面倒くさくなっていますが、それでも、刑事さんがいわれた五百号の絵の話は、しっかりときこえてきていますよ。きいたところでは、大変な値段が、ついているそうですが」

と、いったが、十津川は、それには答えず、

「もう一度、念を押しますが、先生は、問題の五百号の絵が、今どこにあるのか、誰

が持っているのか、ご存じありませんか？」

「まったく、しりません。それでも、今日の刑事さんと同じように、私にまで、電話をしてきいてくる人間がいますね。よほどあの絵を、手に入れたいのではありませんかね？　東京の画商で、昔よくつき合っていた人間がいるんですが、その画商からも、どこにあるのかがわかったら、すぐにしらせてくれと頼まれていますし、ああ、もうひとり、緒方幸太郎さんの息子さんからも、連絡がありましたよ。自分の父親の、問題の絵を探している。もし、誰が持っているのかがわかったら、すぐに、連絡してくれといって、携帯の番号を教えられました。その時に、正当な所有権を持っているのは、自分ひとりだからと、緒方幸太郎さんの息子さんが、いっていましたね」

飛田の話で、二人の刑事は、思わず顔を見合わせた。

やはり、亀井がいうように、ここにきて、緒方幸一も、問題の絵がほしくなってきたのだろう。

3

二人の刑事は、富山から、今度は下呂温泉に、いくことにした。緒方幸太郎がアトリエを与えられ、問題の絵「春の高山祭」の五百号の大作を描いた〈水明館〉にいき、大女将に会って、話をきこうと思ったからである。

十津川にとって、少しずつ、事件の謎がほぐれてきているのだが、どこか、決定的な鍵が見つからないのである。

駅を出ると、すぐ、近くにある〈水明館〉に向かった。

時間が時間なので、今日は、十津川も亀井も、この〈水明館〉に、泊まることに決めていた。

二人は、チェックインをすませてから、旅館の部屋で、大女将に会うつもりだったが、ロビーのティールームでコーヒーを飲んでいると、大女将のほうからやってきた。

「まだ例の五百号の大作は、見つからないんですか？」

と、非難するようにいう。

「何しろ、われわれは、東京の刑事ですからね。問題の絵が、なくなったのは、この下呂温泉でしょう？　東京の人間には、簡単に見つけられませんよ」

と、十津川が、いった。

次には、十津川のほうから質問をした。

「いつ、問題の絵がなくなっていることに、気がついたんですか？」

「先生が、亡くなったその日だったと思うんですよ。いつも、アトリエにかかっていたので、その日も、先生は、ひとりで外出されて、屋台会館で殺害されました。それで、問題の絵を、見にいったんですけど、絵が消えていたんです。ですから、ひょっとしたら、先生が絵を丸めて、持って、外出されたのかもしれませんし、先生が、外出したあと、アトリエに見にいくまでの何時間かの間に、このホテルに泊まっていたお客さんの誰かが、持ち去ってしまったか、そのあたりのところは、私にも、よくわからないのです」

と、大女将が、いった。それは、いかにも悔しそうないい方だった。

「もう一度、念を押しますが、その日、緒方幸太郎さんが外出されたのは、何時頃でしたか？」

「いつも、同じタクシーの運転手さんが迎えにきていたんですが、その日は、なぜか迎えにきませんでした。それで、フロント係が、駅からタクシーを呼んで、先生は、そのタクシーに乗って外出されたんです。時間は、九時頃じゃなかったかと思います。その後、アトリエに、絵を見にいったのは、お昼すぎの午後二時頃でしたから、その五時間の間に、絵がなくなっていたんですよ」

「その前日まで、問題の絵は、アトリエに間違いなく、かかっていたのですね？」

「ええ、そうですよ。先生は、細かいところに、何度も筆を入れられていたので、いつ完成したのかということは、はっきりしないんですけど、外出された時には、もうすでに、絵は完成していたものと、私は思っています」

「キャンバスだけ外して丸めたら、小さくなりますが、何しろ五百号の大作だから、丸めたとしても、かなりの大きさに、なったのではありませんか？」

と、十津川が、大女将に、きいた。

「私も、そう思いますけど」

「それで、午前九時頃に、緒方幸太郎さんが外出した。その時、それらしいものを、持ってはいなかったんですか？」

「私は、先生を、お見送りできませんでしたから、先生が、何か持っていたのかどうか、はっきりしないんです」

と、大女将が、いった。

「その後のことですが、女将のところに、問題の絵は、今どこにあるのかとか、誰が持っているのかといった、問い合わせの電話や手紙のようなものがあったんじゃありませんか？」

と、亀井が、きいた。

大女将は、うなずいて、

「毎日のように、電話の問い合わせがありますよ。なかには、まるで私が、あの絵をどこかに隠しているかのようないい方をする人も、いるんです。そういう人には、いってやるんですよ。私を疑うのなら、うちの旅館に泊まって、隅から隅まで、探してみなさいって。私だって、せっかくアトリエとして特別室を提供して、緒方先生に、いい絵を描いていただいたのに、その絵が失くなってしまって、悔しくて仕方がないんですから」

「緒方幸太郎さんに、娘さんがいました。北川弥生さんとおっしゃるんですが、ご存じでしたか？」

と、十津川が、きいた。

「ええ、地方新聞に小さくでしたけど、記事が出ていましたから、しっています」

「その娘さんに、会ったことはありますか？」

「いいえ、お会いしたことは、ないんですよ。たしか今、二十六歳だと、おききしましたが」

「そのとおりです。二十六歳で独身で、父親に似て、絵の才能は素晴らしいという評判の女性です」

「それなら警察は、どうしてその娘さんに、絵のことをきかないんですか？　ひょっとしたら、その娘さんが、問題の絵を持ち去ったのかも、しれないじゃないですか？」

「確かに、その疑いはあります。なぜか、父親の問題の絵のことをきかれると、今度は、私が絵を描いてやる。そう宣言しましてね。五百万円の軍資金を用意して、どこかに姿を消してしまったんです。おそらく、どこかに隠れて、絵を描いているのではないかと思うのですが、どんな絵を描いているのか、そのあと、どうする気なのか、まったくわからずに困っているのです。もし、娘さんからこちらに、電話があったら、すぐ私の携帯に、連絡してください」

と、十津川が、いった。

「それから、問題の五百号の『春の高山祭』の絵ですが、どんな絵なのか、こちらの社長さんが、その写真を撮られていましたね。それを見せてもらえませんか？　貸していただけるのであれば、なおさら、ありがたいのですが」

十津川がいうと、大女将は、自分の部屋から問題の絵を、四〇分の一にした写真を持ってきて、

「高山警察署にも渡してありますが、これ、プリントしましたから、お持ちになって結構ですよ」

と、いってくれた。

カラー写真なので、色もよくわかる。高山祭は、春と秋とにあるが、どうやらこれは、春の高山祭を、描いたものらしい。

といっても、スケッチして、簡単に描いたのではなく、何年間かにわたって、高山祭をスケッチし続け、大作に仕あげたという感じの絵である。

「女将さんがアトリエ用の特別室を提供して、緒方幸太郎さんは、毎日タクシーで高山にいき、高山の祭りや風景をスケッチして、それを持って帰ってきて、問題の五百号の絵を、描かれていたそうですね？」

と、十津川が、きいた。

「そうなんです。毎日のように、先生は、同じ個人タクシーで、高山までいって、高山市内のスケッチをしたり、問題の屋台の絵を、描いたりしていたようですけど、今になってみると、毎日のように高山にいく先生の目的は二つあって、屋台会館や市内でスケッチをすると同時に、北川弥生さんという、実の娘さんに、高山の駅で会うことだったんじゃないですかね。その話をきいて、殺された緒方先生が、可哀想になってきましたよ。駅で会わずに、堂々と私の旅館に連れてきて、一緒に泊まって下さればよかったのにと、思うんですけどね」

と、大女将が、いった。

その日、十津川と亀井は〈水明館〉に一泊し、翌日、高山に戻ると、県警の本橋警部に頼んで、高山警察署の捜査本部に置かれた五百号の絵の写真を見せてもらった。

「春の高山祭」である。屋台が引き出され、からくりが踊り、そして、多くの観光客が、祭りを見物している。

その写真を、十津川と亀井は、じっと眺めていたが、十津川が突然、

「この観光客」

と、いって、一点を指さした。

観光客が集まって、春の高山祭を見物している。その見物している観光客のなかに、背の高い、三十代のように見える男が描きこまれてあった。

「この男ですが、気のせいか、東京で殺された、売れない画家の橋本によく似ているんだ」

と、十津川が、いった。

「そんなに、似ていますか?」

と、本橋が、いう。

「似ているといっても、顔が似ているという意味じゃない。感じだよ。この背が高くて細いスタイルは、問題の画家に、感じがよく似ているんだ。ひょっとすると、この画家は時々、この高山にきて、緒方幸太郎のスケッチを、助けていたのかもしれないな。何しろ、金がないので、緒方幸太郎の絵の贋作を、描いて売ったことがあるという男だから、何か金になると思って、緒方幸太郎のスケッチなどを助けていたのかもしれない。絵は平凡だが、スケッチやデッサンの才能は、あったそうだ」

と、十津川が、いった。

4

東京のテレビ局で、絵や陶器などが、本物か偽物かを鑑定して、値段をつける番組がある。その番組に、最近とみに有名になってきた緒方幸太郎が、若い頃に描いたという金閣寺(きんかくじ)の油絵が出品されたことがあったという。

その絵を、テレビ局に持ちこんできた男は、まだ、緒方幸太郎が、今ほど知名度がなかった頃、彼の絵が好きだった父親が、何点か買って持っていたのだという。その父親が、最近亡くなったので、本当に緒方幸太郎が描いた金閣寺の絵なのかどうかを調べてほしい、本物とわかったら、いくらぐらいの値段になるものなのかを、鑑定してもらいたくて出品したのだという。

「雪の金閣寺」という題の絵である。

最近とみに有名になり、特に五百号の大作が、消えてしまったというニュースが流れたあたりから、急激に、緒方幸太郎の絵の値段がさらに高くなってきた。

今回テレビに出品したサラリーマンも、自分には絵を鑑賞する余裕も趣味もないが、もし、高く売れるものであれば売って、その金で世界旅行がしたいというものだった。

その番組は、絵画、陶器、書など鑑定のプロが二人ずつ出演して、鑑定を競う内容になっていた。

偶然、十津川は、その番組を、東京に戻って捜査本部のテレビで、見ていた。

二人の絵画の鑑定家は、その「雪の金閣寺」の絵が、三十代から、四十代の頃に描かれた緒方幸太郎のものに間違いないと鑑定し、現在、彼の絵は、うなぎ登りに値段があがっているので、この「雪の金閣寺」の絵にも、二人の鑑定家は三千万円という値段をつけた。

その金額に、鑑定に出したサラリーマンは、嬉しそうな顔で、すぐに売って、その金で旅行にいくといい、サラリーマンの満面の笑みで、番組は終わっていた。

その番組を見ていた十津川は、不思議な違和感を覚えた。

問題の絵を、鑑定に出したのは、三十代の若いサラリーマンである。亡くなった父親が、緒方幸太郎の絵が好きで、彼がまだ売れないうちから、集めていたのだという。

十津川が不思議に思ったのは、東京で殺された橋本誠が、名前が売れ出した、緒方幸太郎の贋作を描いた頃に、サラリーマンの父親は、彼の絵を集めていたことになる。

その絵を一点だけ持ってきたと、サラリーマンはいっていたのだが、鑑定に当たった二人の鑑定家は、もし、無名時代の緒方幸太郎の絵を、集めていたのなら、この「雪の金閣寺」よりも、もっといい絵がたくさんあるはずである。どうして、いちばん、できのよくない絵を持ってきたのか、それが、不思議だと話していたからだった。

十津川は、すぐテレビ局に電話をして、鑑定を依頼してきたサラリーマンの名前をきいた。

名前は、中山清志。吉祥寺のマンションにひとりで住んでいて、都心の大会社に、勤務しているサラリーマンだという。

しかし、十津川が調べてみると、サラリーマンではなくて、中山画廊という画廊を都内に三つ経営している、いわば、画商のひとりだった。

その中山清志が、三千万円の値段がついた、実は贋作の「雪の金閣寺」の絵をすぐ一千万円で売って、東南アジアに高飛びしようとするところを、十津川たちが、空港で、身柄を確保した。

中山清志は現在三十五歳で、父親の跡を継ぎ、都内に三店の画廊を持ち、自分では鑑定眼に自信があったというが、十津川が冷静に調べてみると、仲間内での評判は、決してよくなかった。

中山の父親は、かなり有名な画廊経営者のひとりだった。その長男に生まれたのだが、中山自身には、自分が自慢をするほどの絵を見る目はないようだった。いつも父親に叱られていたからである。

その父親が亡くなったので、中山は、これからは、自分の眼力にしたがって、絵を集めてみようと考えた。対象にしたのが、現在は中堅の画家だが、大化けしそうな緒方幸太郎だった。

中山の狙いどおりに、緒方幸太郎は、次第に有名になっていったが、その中山が、まんまと、緒方幸太郎の贋作を、それも、二作も売りつけられてしまったのである。自分の、絵を見る自信をなくした中山は、怒りに任(まか)せて、自分に贋作を売りつけた橋本誠を殺し、その画家が描いた緒方幸太郎の贋作に、まんまとテレビの番組で高値をつけさせて、売りつけ、東南アジアに高飛びしようとしたところを、十津川たちに、身柄を確保されてしまったのである。

これで、東京での殺人事件は、一応解決した。

この時から、十津川は、事件の裏に隠れている二人の男を、マークすることにした。テレビ番組で絵画の鑑定をしている、六十代の男二人である。

ひとりは加藤敦(かとうあつし)、もうひとりは大久保豊(おおくぼゆたか)。どちらも一流の鑑定家として有名で、それぞれに、ファンもついている。

その二人が、中山清志の持ち出してきた、緒方幸太郎が若い頃に描いたという「雪の金閣寺」の絵に、三千万円という値段をつけたのである。

形として、二人の鑑定家は、まんまと、中山清志に騙(だま)された。中山清志も贋作を掴まされたわけだから、どっちもどっちだと思ったのだが、その後、十津川は、その考えを変えた。

テレビで加藤敦と大久保豊の二人の鑑定家が、中山の持ち出してきた、贋作の緒方幸太郎の絵を本物の作品と鑑定したが、この二人の鑑定家について調べていくと、どうにも胡散臭いところが、目につきだした。

鑑定家には二とおりあって、真摯に自分の目を信じて、偽物か本物かを鑑定する人、そうした真面目な鑑定家もいれば、金儲けのために、偽物を本物だと、断定するような鑑定家もいるらしい。

加藤敦と大久保豊の二人は後者の鑑定家らしく、問題のテレビ放送があったあと、なぜか急に、番組の絵画の鑑定を降りてしまっていた。

そのあと、しばらくすると、二人は、中山が持ち出してきた作品「雪の金閣寺」は、贋作だとしっていて、わざと本物と鑑定して、三千万の値段をつけたらしいという噂が、十津川の耳に、きこえてきた。

緒方幸太郎は、急激に名前が売れてきた画家だが、それでも、有名画家に比べれば、作品の数は少ないし、知名度も低い。

だとすると、加藤敦と大久保豊の二人の鑑定家が、これこそ、本物だと断定すれば、多くの美術愛好家は、簡単に緒方幸太郎の絵だと、信じてしまうだろう。

これは、十津川の勝手な想像なのだが、加藤敦と大久保豊の二人は、偽物としりながら「雪の金閣寺」の絵を本物だと鑑定し、喜んだ中山は、それを二千万円で売りたいといってきた。

加藤敦と大久保豊の二人は、それを、一千万円で買い取り、本物の緒方幸太郎作品として五千万円で売れば、莫大(ばくだい)な利益を得ることができる。

二人は、それを実行したふしが見えた。

そのつもりで、十津川が、この二人の鑑定家をマークしていると、二人が時々、高山や下呂温泉に、姿を現していることがわかってきた。

新聞記者が、二人を見つけて質問すると、行方不明になっている緒方幸太郎の大作を、何とか自分たちが、見つけ出したいのだという。

大作とは、行方不明になっている、五百号の「春の高山祭」の絵に違いない。

こうなると、いやでもこの二人をマークせざるを得なくなった。十津川は、捜査本部で本橋と緒方幸一に会い、自分の考えを説明した。

「この二人は、突然、今回の事件について姿を現してきたように、考えられますが、冷静に考えると、どうもこの二人が、今回の殺人事件や絵画の紛失事件に、すでにどこかで絡んでいたのではないかと思うようになりました。それが、見えなかっただけではないのか。私がいちばん重要と考えているのは、緒方幸太郎さんの、五百号の絵が、突然、値あがりを始めたことです。さほど有名ではなかった画家の名前を、人々が口にし、絵に、億単位の値段がつき始めたのです。われわれのような素人には、そんなことができるはずがありません。とすれば、どこかで、この二人、加藤敦と大久保豊が、緒方幸太郎さんの絵について、値段を操作しているのではないのかと、考えるようになったのです」

「しかし、今回の事件のなかで、今までに、この二人の名前が、捜査線上に浮かんできたことは、なかったんじゃありませんか？」

と、県警の本橋警部が、いう。

「そのとおりです。ですから、私自身も、これまであまり自信がなかったんです。しかし、今もいったように、普通の状況で、緒方幸太郎さんの絵が、突然、こんなに高騰するはずはないのです。株価を操作して高くする、あるいは安くする。それと同じことをして、この二人が、今回の事件の陰で、緒方幸太郎さんの絵の値段を、吊りあげたのではないだろうかと、私は、考えているのです。したがって、私の想像が当たっていれば、最後に、この二人が姿を現して、その時点で、今回の事件は解決するに違いないと、私は、考えています」

「しかし、いままでは、親父が、芸者に生ませた北川弥生という女性が、今回の事件の主役のように、おっしゃっていたではありませんか？」

と、緒方幸一がきく。当然の疑問だった。

「そのとおりです。繰り返しますが、事件の表面には、緒方幸太郎さんや息子のあなた、あるいは、緒方幸太郎さんが芸者に生ませた北川弥生といった、そういう人の名前しか出てきていません。が、これが問題になったのは、ただ単に、緒方幸太郎さんが、殺されたからだけではないと思うのです。緒方幸太郎さんの絵の価格が、急騰した。百万単位だった彼の絵が、突然、億単位の絵になってしまったからなのです。そのことを、問題にするようになりました。さらに冷静に考えると、緒方幸太郎さんの絵を、億単位に高騰させたのは、加藤敦と大久保豊の二人だと、思っているのです。そして、緒方幸太郎さんの描いた五百号の絵が、どこかに消えてしまいました。問題の絵が消えた前後に、大久保豊が、エッセイを書いているのです」

十津川は、大久保豊が書いたというエッセイを読み始めた。

〈五百号の大作が、突然、消えてしまった。こんなことは、めったにないのだが、今回に限っていえば、このため、緒方幸太郎の絵は、さらに、何倍にも高騰するだろう。すでに私がしっている世界では、二倍三倍の値段がついている。このことについて、絵の値段の高騰を、煽って困ったものだという人間がいるが、私にいわせれば、緒方幸太郎という画家が、やっと正当に、評価されるようになった。ただ、それだけのことである〉

「どうですか。これが大久保豊が、問題の絵が消えた時に書いた、エッセイです。あたかも、問題の絵が、消えることを前提にして書いているエッセイのように、思えるじゃありませんか？」

と、十津川が、いった。

ほかにも、十津川は、刑事たちが集めてきた、新聞や雑誌の記事を、披露した。

「例えば、ここには、加藤敦が『本当の天才画家というものは、緒方幸太郎のような画家だ』というタイトルで、緒方幸太郎さんを、延々と褒め続けています。また、加藤と大久保が、専門誌で画商と対談をしています。専門誌の記事ですから、一般の人の目には留まらないかもしれませんが、この専門誌には、一年にわたって、加藤と大久保が交代で、緒方幸太郎さんのことを、遅咲きの天才画家として、褒め続けているんです。つまり、その頃から、この二人は、緒方幸太郎さんの絵の値段を、操作しようとしていたのではないかと、思ってしまうのです」

と、十津川が、いった。

次に、女性刑事の北条早苗が、調べてきたことを話した。

「緒方幸太郎さんは、下呂温泉の〈水明館〉のなかに、女将に、アトリエとして特別室を提供してもらい、そこで五百号の大作を、描き始めていますが、その頃、加藤敦は、水明館に宿泊し、水明館内で、講演会を開いているのです。その講演会の内容は『今こそ、日本の天才画家が発見された。幸運なことに、その天才は、私たちが泊まっている、この水明館のなかで五百号の大作を描いているのである。今からどこまでも無限に、この天才画家の名声は、大きくなっていくだろう。まもなく、この天才の絵が花開く。その時に備えて、皆さん、彼が無名時代に描いた作品を、何とかして、今のうちに手に入れておこうじゃありませんか。そのほうが不安定な株を買うより何倍もおとくです。この天才画家の絵は、数年以内に十倍、いや二十倍に高騰することが、はっきりしているからです。私も鑑定家として名声を得ていますが、すでに、この画家の絵を、数枚手に入れています。皆さん、今、銀行の利息なんて、〇・〇二パーセントでしょう？　そんなものに比べれば、この天才画家の絵の値段が高騰するのは、火を見るよりも明らかです。絶対に損をしない画家です。それは私が保証します』といったものでした。この後、加藤敦は、この旅館に泊まっていた資産家たちを問題のアトリエに連れていき、五百号の大作を見せてから、こういっています。『皆さん、今から緒方幸太郎の描く絵を買う準備のために、銀行の預金をおろしておいたほうがいいですよ。何倍儲かるかわかりませんよ』と、煽っているんです。〈水明館〉の女将さんも、そうした講演会があったことを認めているのです」

話し合いが進むと、話が、どんどん具体的になっていく。

例えば、県警の本橋警部は、いきなり、

「五百号の大作が消えてしまったのは、今、十津川さんがいわれた加藤敦と大久保豊という二人の鑑定家が、盗み出したものだと思われますか?」

と、十津川に、きいたりするのだ。それについては、十津川は、あっさり否定した。

「この二人は、そうした危ないことはしないはずです。彼らは二人とも、絵の世界では権威になっていますから、見事に緒方幸太郎さんの絵を高騰させた。しかし、二人は、その絵を盗み出すような危ないことはしないはずです。そうしなくても、舌先三寸でいくらでも儲けられるからです」

「たしかに、この二人なら、それほど危険なことをしなくても、金儲けは、いくらでもできるはずですね」

「まず、緒方幸太郎さんがあまり売れない時に描いた絵を、安く買い集める。そうしておいてから、緒方幸太郎さんを持ちあげて、二十一世紀の天才画家のようにして、絵の値段を吊りあげていく。そして、安く買い集めた緒方幸太郎さんの売れない時代の絵を売りさばけば、いくらでも儲かりますからね」

「それでは、この二人は、五百号の大作が消えたことには、まったく関係がないのでしょうか？」

と、亀井刑事が、きいた。

「私は、直接は、関係ないだろうと思っている。今までのように自分たちの権威を使って、一万円の茶碗を、数百万円で売りさばくようなことができるかもしれない。今回、この二人は、緒方幸太郎さんの絵を、あれだけ有名にしてしまったからね。今、本橋警部がいわれたように、緒方幸太郎さんの売れない時代の絵を安く買い集めておいたから、それを高く売れば、二人は簡単に大金を儲けることができる。ただ、ここまできてしまうと、彼らは、消えてしまった大作を使って、もっと大きな儲けを、企んでいるに違いないと、私は考えている。そして、おそらくそのことが、今回の事件を、いっそう難しいものにしてしまっているのではないだろうか？　そこを見破れば、事件の解決も近くなるはずだと思って、私は、期待しているんだ」

と、十津川が、いった。

「今、親父の大作は、いくらぐらいの値段に、なっているのですか？」

と、緒方幸一が、きいた。

「先日、信用の置ける画商にきいてみたのですが、五百号の大作が突然見つかって、それが競売にかけられたとしたら、一号百万円、五百号ですから、五億円から競りが始まるに違いないと、そういっていました。関係者が熱をあげれば、十億円、場合によっては二十億円の値がつくのではないかと、彼は、そういっていましたね」

「数十億円ですか」

と、緒方幸一が、溜息をついた。

「それにしても、今、いったい誰が、あの五百号の大作を持っているのでしょうか？」

と、本橋警部が、きいた。

「もうひとつの問題は、持っている人間が、いつ、それを世の中に出してくるかということでしょうね」

と、十津川が、いった。

「今、ある画商の話をしましたが、突然出てくれば、最低五億円から競りが始まる。

そして、うまくいけば、数十億円まで高騰すると、そういっていました。しかし、緒方幸太郎という画家の作品は、好き嫌いがありますが、冷静に見れば、本当の天才とはいえません。だから、時期を間違えると、今、急に見つかったとしても、せいぜい一億円の値段しかつかないのではないかと、そんなふうにいう人間もいるのです。ですから、私は、まもなく五百号の大作は、見つかるだろうと思っています。現在の持ち主が今、必死になって、いつ発見される形にすれば、もっとも儲かるのか、それを考えていますから、明日にでも問題の大作は、どこからか見つかるかもしれません。われわれとしては、冷静に、それを犯人逮捕の方向に持っていきたいと、思っています。それに、誰が、緒方幸太郎さんを殺したのか、それが、われわれ警察にとっては、もっとも緊急を要する捜査ですから」

十津川が、力をこめて、いった。

第七章　二つの絵と二人の男女

1

十津川は改めて、緒方幸太郎という画家について調べることにした。

十津川は、今回の事件を担当するまで、緒方幸太郎という名前の画家がいることを、まったくしらなかった。彼がしっていたのは、誰もがしっている有名画家、例(たと)えば、藤田嗣治(ふじたつぐはる)とか横山大観(よこやまたいかん)とか、小磯良平(こいそりょうへい)など、あるいは、東山魁夷(ひがしやまかいい)といった画家たちの名前である。

したがって十津川は、突然、緒方幸太郎という名前をしるようになったのである。

それまで、緒方幸太郎が描いた絵を、一枚も見たことがなかったのである。そのために、彼が描いた五百号の大作が、何億円という高値をつけられている話に、十津川は驚いていた。

問題の五百号の絵は、現在、何者かに盗まれてしまって、所在不明である。ただ、緒方幸太郎に特別室をアトリエとして提供していた旅館、〈水明館〉の社長が、その絵を写真に撮っていたので、それを、大きく引き伸ばした物を、見ることができた。

噂のとおり、高山祭を描いた絵で、華やかな色彩に、あふれている。

本物の絵が見つかって、さらに何かの絵画展で賞でも獲れば、価格は、二倍、三倍にはねあがるに違いないという話も、きこえてくる。十津川は、そうした話を、なかなか信じられなかった。たしかに、悪い絵ではないが、だからといって、何億円もの値段がつくような素晴らしい絵だとは、どうしても思えなかったからである。

その緒方幸太郎は、高山で殺され、後輩にあたる売れない画家が、東京で殺された。

二つの事件を追っていながら、十津川は今も、緒方幸太郎という画家の絵が、なぜ何億円という値段といわれるのか、納得できずにいた。

疑問のひとつが、加藤敦と大久保豊という、絵画の鑑定家の存在だった。

この二人が、緒方幸太郎という画家の絵の値段を、意図的に吊りあげているように思えたのである。

十津川は、亀井刑事を連れて国会図書館にいき、緒方幸太郎について書かれた本、あるいは資料をいろいろとコピーしてきた。

捜査本部に戻ると、ほかの刑事たちに協力させて、その資料の検討に取りかかった。

最初に、緒方幸太郎が、世間に名前をしられるようになったのは、十年前のある出来事がきっかけになっていることがわかった。このことについて、当時の美術雑誌が、詳細に書いていた。

十年前の九月末、有名なフランスの画商L・ホランドが、現在の、日本の有望な画家の絵を探すためと称して、日本にやってきた。彼が、日本にやってきた時、日本側でサポートしたのが、加藤敦と大久保豊だった。

L・ホランドは、精力的にテレビの番組に出演し、まず日本の既成の画家で関心があるのは、横山大観とか、東山魁夷であると話した。

もともと彼は、浮世絵にも関心があり、何といっても葛飾北斎(かつしかほくさい)の絵が好きだといったあと、最後に、アナウンサーに、

「これから日本で、注目する画家はいますか？」

と質問されて、その時初めて、緒方幸太郎という画家の名前を、口にしたのであ

る。

L・ホランドは、さらに言葉を続けて、

「私は、日本にきて、緒方幸太郎の絵を初めて何点か見た時、この素晴らしい画家が、この国では、どうして誰にも注目されず無名のままでいるのか、それが不思議で仕方ありませんでした。私は、彼の絵を何点か手に入れ、一緒にきた友人の画家に見せたところ、異口同音に、日本的な特徴がよく出ている絵で、将来、間違いなく、日本の画壇を代表する画家になるだろうと称賛しました。私もまったく同感で、今回は、なるべく多くの緒方幸太郎の絵を見つけて、買って帰るつもりでいる。もし、それが、十点以上になったら、パリで緒方幸太郎の個展を、開くつもりである」

L・ホランドというフランス人の画商は故人になっているが、パリだけではなく、ヨーロッパ、あるいはアメリカでも、よくしられた一流の画商である。

彼自身がいうように、浮世絵や横山大観のファンといわれていたが、現代の日本の画家について発言したことは、ほとんどなかったし、発言はしていても、そのなかに、緒方幸太郎の名前はなかった。

そのL・ホランドが、十年前に来日すると、突然、緒方幸太郎の名前を口にし、何年後かには間違いなく、日本の画壇を代表する画家になるだろうと、いったのである。

さらに、自らも、緒方幸太郎の絵を何点か買い取って、パリに帰っていった。

フランスの画商Ｌ・ホランドが、十日間日本に滞在していた間、目に留まった画家は緒方幸太郎しかいなかったといった。この出来事のため、緒方幸太郎の名前は、一躍画壇で有名になったし、マスコミのなかでも、しられる存在になった。

十津川は、この十年前の、Ｌ・ホランドという有名な画商が、緒方幸太郎という無名だった画家を取りあげて、手放しで賞賛したことについて、納得できないものを感じていた。

Ｌ・ホランドは、確かに有名な画商だが、気まぐれで、奇矯な行動を取ることでもしられていた。

もうひとつ、来日したＬ・ホランドを接待し、日本中を案内したのが、加藤敦と大久保豊の二人だとわかって、なおさら十津川は、疑いの目を、このエピソードに向けるようになった。

例えるならば、昭和八年（一九三三）ドイツ人の建築家ブルーノ・タウトが来日して、桂離宮は泣きたいほどの美しさと称賛し、そのほか、龍安寺の石庭や、仁和寺、あるいは日光の東照宮についても賞賛の言葉を並べたとされていることに似ていると、十津川は思った。

ブルーノ・タウトの言葉を、今でも日本人は、例えば、桂離宮を褒める時に引用している。

しかし、タウトの言葉には、実は裏があるという話を、十津川は、きいたことがあった。

実は、タウトが、手帳に書き留めた言葉には、批判的な言葉ばかりが並んでいたというのである。

桂離宮については〈この庭の、いったいどこがいいのか私にはわからない〉と手帳に書き、日光東照宮については〈中国建築をまねた厚化粧の気味の悪さ〉と書き、龍安寺の石庭は、一言の下に〈意味不明〉と書きつけていたといわれるのだ。

なぜ、ブルーノ・タウトが日本の建築物に対して、心にもない賞賛の言葉を口にしたのかといえば、タウトはこの頃、ナチスに追われて、日本に逃げてきていた。その後、数年、日本ですごしているから、つい、桂離宮などを褒めたのだろう。

L・ホランドと、二人の鑑定家の間にも、何かあったのではないか。何しろ、彼は気まぐれで、奇矯なところがあったというからだ。

L・ホランドは、一年前に亡くなっているが、ひとり娘は、現在パリで父親の跡を継いで、画商をやっているときいて、十津川は、父親であるL・ホランドの本音を、彼女にきいてもらおうと、パリにいる友人に電話で依頼した。

友人は、大学時代の同窓で、現在、日本の大きな商社の、パリ支社長をやっていた。

彼も絵が好きで、ヨーロッパ、特にフランスの絵画についても、いろいろと知識を持っているので、緒方幸太郎の絵についてきくことを頼んだのである。

一週間後、その友人から、返事のファックスが届いた。

〈先日、L・ホランドのひとり娘で、現在、パリで、父親の仕事を引き継いで画商をやっているエマ・ホランドに会って、生前の父親が、日本にいった時のことを、きいてみた。

L・ホランドは、娘のエマに向かって、生前、こんなことを、いっていたのだそうだ。

『私は生涯、絵については正直でいようと決めていた。相手が、どんなに有名な画家であっても、自分が気に入らなければ、決して褒めることはなかった。そんな私だが、九年前の日本旅行のことは、忸怩たるものがある。

あれは、明らかに、日本人の絵画の鑑定家二人と、組んでやった、いわば、遊びである。

自分が、外国である日本の無名の画家について称賛したら、いったい、どのくらいの、影響があるものか、つい、遊びで、確かめたくなったのである。口のうまいあの二人の鑑定家の誘いも、私にとって、魅力的だった。

日本には、何百人もの、無名の画家がいる。そのひとりを、あなたの言葉の力で、才能と将来性の豊かな画家に変身させられないかと頼まれたのである。

今も、悔やんでいるのだが、あの時は、退屈していた私にとって悪魔の甘いささやきだった。

正直にいえば、フランスではなくて、遠く離れた日本の人を騙すのだから、構わないのではないかという無責任な気持ちもあった。

私は、二人の鑑定家に、誘われて東京にいき、彼らが、推薦した緒方幸太郎という無名の画家の絵を、称賛してみたのだ。

私が、長年培ってきた画商としての目で見れば、この画家の絵は、これといった、特徴のない平凡なものであった。決してへたではないが、だからといって、飛び抜けた才能が、感じられる絵でもなかった。まさに、普通の絵である。それを私は真面目くさって、将来の日本画壇を背負って立つ画家になるとまで、いった。その証拠として、この画家の絵を集めて、パリに、持ち帰り、個展を開くつもりだと、日本のマスコミに、発表した。

その作品は、私が選んだわけではなく、あの二人の鑑定家が選び、私が前からほしかった葛飾北斎の初刷の版画を何点か、この二人から、プレゼントされた。その初刷の葛飾北斎の版画は、今も、私の家に大事に、飾ってあるが、その時に、私が、悪戯(いたずら)で称賛した、緒方幸太郎の絵は、一枚もない。才能のある画家の絵とは、到底、思えなかったからである』

これが、L・ホランドのひとり娘エマ・ホランドの答えである〉

2

十津川は、加藤敦と大久保豊の二人を捜し出し、二人からも十年前のエピソードについて、話をきくことにした。

加藤と大久保の二人は、高山市内の旅館に泊まっていた。その旅館の喫茶ルームで、十津川は、亀井刑事と二人に会った。

十津川は、十年前の出来事について、二人を、咎めるようなことはいわなかった。

「この出来事について、お二人を、批判するつもりはありません」

会うなり、十津川がいった。

「別に、このことで、誰が得をしたとか、損をしたということもありませんし、すでに十年も経っているので、お二人を咎める気はありません。ところで、お二人が、この高山にきているのは、やはり、緒方幸太郎さんの、例の五百号の作品を探すためですか？」

「まあ、そんなところです」

と、加藤は、曖昧に答える。

そのことを、十津川は、自分の頭にしっかり刻みこんでから、

「行方不明になっている五百号の大作ですが、お二人は今、どこにあるとお考えですか？」

「それが、わかっていれば、すぐ受け取りにいきますよ」

といって、加藤が笑った。

大久保のほうは、黙っている。

「十年前お二人は、フランスの有名なL・ホランドという画商を使って、緒方幸太郎という、その頃はまったく無名だった画家を、一躍日本の将来有望な画家のように仕立てあげましたね？　正直にいって、亡くなった緒方幸太郎さんという画家は、日本を代表するような画家だと思っていますか？」

と、改めて、十津川が、二人にきいた。

大久保が、

「十津川さんは、十年前のことを、よくご存じですね？　十津川さんの前では、いいにくいですね」

「構わないから、いってください。私は、絵に関しては完全な素人ですから、緒方幸太郎さんの絵の、値打ちというものもよくわかりません。その点、お二人なら、よくおわかりでしょう？」

「緒方幸太郎の五百号の大作ですが、もし見つかれば、かなりの価値が出ることは、間違いないと思っています。まあ、私たち二人が、価格をあげてしまったということもありますが、今は、私たちが何もいわなくても、日本の画商たちは、五百号の大作に対して、かなり高価な値段をつけると思いますね。おそらく、億を下らないでしょうね」

大久保がいうと、横から、加藤が、それを助けるように、

「美術品の値段というのは、不思議なものでしてね」

「不思議というのは、どういうことですか？」

と、亀井が、きく。

「いったん、高い値段がついてしまうと、その値段を、守ろうとする画商たちの思惑が、働くようになるのです。だから、緒方幸太郎の絵の値段はもうめったなことでは、さがりません」

と、加藤がいう。

「その点、あなたは、どう思うんですか？」

十津川が、大久保に、きいてみる。

「ピカソの、いい言葉があります。彼は、こういっています。『芸術に進歩はない。変化が、あるだけだ』つまり、緒方幸太郎の絵ですが、現在の日本のほかの画家たちの絵と比べて、飛び抜けていい絵ということもありませんが、だからといって、決して悪い絵ではありません。彼の絵が、天才的だとか、飛び抜けて素晴らしいとかは、いいませんよ。しかし、悪い絵でもない。見ていると、気の休まる絵です。それに、

値打ちが出てくると、緒方幸太郎の絵は、見る人の頭のなかで、変化したことになるんです。そうなると、値段がさがることもなくなります。たしかに画家のなかには、緒方幸太郎の絵を、けなす人間がいるかもしれませんが、画商たちのなかには、緒方幸太郎の絵を駄目だという人間は、おそらくひとりもいませんよ。画商たちにとっては、その絵が、うまいかへたかということよりも、現在その絵に、いったいいくらの値段がついているか、そのほうが、ずっと大事なことですからね。おかしないい方かもしれないが、彼の絵は、変わったんですよ。高い絵に」

と、大久保が、いう。

「もうひとつ、お二人におききしたいのですが、緒方幸太郎さんには、娘さんがひとりいましたね？　北川弥生さん、二十六歳です。彼女が、父親である緒方幸太郎さんの絵のこと、五百号の『春の高山祭』の絵のことについていろいろと話したあと、自分も絵を、描いてみたいといって、母親が貯金していた五百万円をもらって、それを持って突然、姿を消してしまいました。われわれは、彼女が高山祭の絵を描くことにしたのだと、思っていたのです。しかし、高山の町をいくら調べても、スケッチしているはずの北川弥生さんが、見つからないのです。お二人は、彼女が今、どこで何をしているのか、ご存じなんじゃありませんか？　もし、ご存じなら、ぜひ教えていただきたいのですが」

と、十津川が、いった。

「申しわけないが、私たちはしらないし、北川弥生という女性には、関心がありません。緒方幸太郎が、下呂温泉の芸者に、生ませた娘だということはしっていますが、彼女の絵には、まったく関心がないのです。日本中の画商も、彼女の絵は、まったく評価をしていませんからね」

と、加藤がいう。

「しかし、北川弥生さんは、若い頃から、絵の天才だといわれていたんじゃありませんか？」

十津川が、いうと、二人は笑ったが、加藤が、

「子供の時代、あるいは、若い頃の評価というものは、まったくといっていいほど、当てになりませんからね。われわれが、興味を持つのは、やはり緒方幸太郎の絵なんです。特に、例の五百号の、高山祭を描いた大作です。それを見つけて、私たちがその絵の売買に関係できれば、それほど楽しいことはありませんね」

十津川はいったん、彼らが泊まっている旅館から離れたが、亀井を誘って、近くの喫茶店に入っていった。

窓際の席に座ると、通りを隔てて、今出てきた旅館の玄関が真正面に見える。

「あの二人が、これからどうするか、しばらく見張っていようじゃないか」

コーヒーを、注文したあとで、十津川が、亀井にいった。

「あの二人が、何かアクションを起こすと、お考えですか？」

と、亀井も、コーヒーに口をつけてから、十津川にきく。

「あの二人は、緒方幸太郎のことについては、わりと正直に話していたと思うんだが、北川弥生についてきくと、二人は示し合わせたように、娘には興味がないといった。あれは、明らかに嘘をついている」

「どうして、そう、思われるんですか？」

「二人は、緒方幸太郎の、例の五百号の大作を探していると、いっていた」

「たしかに、二人とも、そういっていましたが」

「そうだとすれば、緒方幸太郎の娘、北川弥生が、現在どこにいて、何をしているのかにも、当然、興味を持つはずだよ。北川弥生が、五百号の大作の行方について、しっている可能性があるからね」

「なるほど。そう考えれば、北川弥生の行方を、探していてもおかしくはありませんね」

「そうなんだよ」

十津川は、いって、旅館の玄関に視線を向けた。

しかし、二十分、三十分と経っても、加藤たちが、旅館から出てくる気配はなかった。

一時間近く経ってから、やっと二人が、旅館の玄関を出てきて、呼んであったと思われるタクシーに乗りこんだ。

「すぐ、あの二人を追ってくれ」

十津川が、亀井にいった。

亀井は、喫茶店を飛び出して、通りかかったタクシーに乗って、二人を追った。

それを見送ってから、十津川は、目の前の旅館に戻っていった。

改めて、旅館の女将に、警察手帳を見せながら、

「私が戻ったことは、あの二人には、内密にお願いしたい」

と、頼んでから、

「あの二人は、いつから、ここに泊まっているんですか？」

「かれこれ、一カ月にはなると思います」

「その一カ月の間に誰かが、二人を訪ねてきたことはありませんか？」

「ええ、いつだったか、男の方が三人、女の方が二人一緒に訪ねてきたことがありましたよ」

と、女将が、いった。

「その人たちは、どういう人たちに見えましたか？」

「私にも、よくわからないので、お二人にきいたことがあるんです。そうしたら、日本の画商の代表だと、そんなふうにいっていましたよ」

と、女将がいう。

「日本の画商の代表だといっていたんですね？」

「ええ、あのお二人は、有名な絵画の鑑定家だとききましたから、画商の方が訪ねてきても、不思議はないと思っていました」

「二人は毎日、どんな生活を、この旅館で送っているんですか？」

「お二人でよく、外出されていますよ。お二人とも、小さなカメラだけを持って、朝食をうちですまされてから、どこかに出かけていますよ。夕食の時までには、お帰りになっていますが、時には、深夜になってから、帰っていらっしゃったこともありました」

「外出して、二人は、何をしていると思いますか？」

「何かを、探していらっしゃるんじゃないかと、思っていました」

「女将さんは、どうして、そう思われるんですか？」

「いつでしたか、夕方、お二人のうちのおひとりが、どこかへ、携帯電話をかけていらっしゃったことがあるんです。ちょうど仲居が、夕食を部屋までお持ちした時で、その仲居が、話してくれたんですけど『懸命に探しているんだが、なかなか、見つからないな。それに、彼女が何をしているのか摑めない』そんなことをいっていたそうです」

「その件について、二人が何か、女将さんにいったことが、ありますか？」

「いいえ、何もきいていません」

「女将さんは、緒方幸太郎さんという画家のことは、しっていますか？」

「ええ、もちろんしっていますよ。たしか下呂温泉の〈水明館〉にこもって、大きな絵を描いていた画家さんでしょう。ところが、殺害されて、その絵が、行方不明になってしまって、みんなが探している。そのくらいのことでしたら、しっていますけど」

と、女将が、いう。

「あの二人も、その絵を探しているはずですが、女将さんから見て、見つけたと思いますか？」

「私の勝手な意見でも構いませんか？」

「もちろんです」

「あのお二人は、問題の絵が、どこにあるかしっていたと思います。落ち着いていらっしゃいましたから。ただ、ここにきて、さっきお話ししたみたいにあわてていらっしゃるので、大事な絵を見失ってしまったんじゃないかと、思っているんですけど」

と、女将が、いった。

十津川は、女将に礼をいい、旅館を出た。しばらくすると、携帯電話に、亀井から連絡が入った。

「カメさん、今どこだ？」

「二人を追って、下呂温泉にいき、今、高山まで、戻ってきたところです」

「下呂温泉？　まさか、例の〈水明館〉にいったんじゃないだろうね？」

「違います」

「あの二人は、下呂温泉の、どこにいったんだ？」

「下呂温泉の駅から、車で一時間ほどいったところに、ひなびた温泉があるんですよ。小さな旅館が五、六軒かたまっていて、いってみれば、隠れ里みたいなところです。二人は、その一軒一軒を、何か調べて回っていましたが、見つからないらしく、がっかりした顔で、また高山本線の下りで、高山に戻ってきました。そして、あの旅館に入ってしまったんです。それで、これ以上、見張っていても仕方がないので、私も今、高山にいます。高山駅です」

と、亀井がいった。

「そうか。ご苦労さん。もう一度、さっきの喫茶店で落ち合おう。待っているから、すぐきてくれ」

二十分ほどして、喫茶店で合流すると、亀井は、問題の下呂温泉のひなびた小さな旅館街や、そこで二人が訪ねた旅館や周辺の写真をデジカメで撮ってきていて、それを、十津川に見せた。

「カメさんが、下呂で見つけてきた、秘湯のことだが――」

と、十津川がいうと、亀井が、

「実は、いい忘れたことがあります。小さな旅館が、五、六軒といいましたが、その一軒が、ここにきて、突然廃業して、従業員も、姿を消してしまっています。加藤と大久保は、どうもその旅館に、時々、いっていたようなんです」

「その旅館にあったものを、二人は、見失って、あわてているのか？」

「どうも、そのようです。ですから、その旅館に、例の五百号の絵を預けてあったのではないかと思いますが」

と、亀井が、いった。

「いや、それは考えられない。二人が、大事な絵を持っていて、その旅館に預けるくらいなら、自分で持っていたはずだ。何しろ、億単位の絵だからね。また、その旅館にあることを二人がしったのだとしたら、彼らは、高山の旅館などに泊まらずに、その小さな旅館に泊まったに違いないからね」

と、十津川は、いった。

「では、その旅館には、何があったんでしょうか？　別の見方で、あの二人は、その旅館に何があると見ていたんでしょうか？」

「それを調べてみようじゃないか」

「どうするんですか？　問題の旅館は廃業して、従業員もろとも、消えてしまったし、どんな客が泊まっていたかもわからないんです。その旅館だけ、少し離れて建っていて、ほかの旅館できいても、泊まり客のことは、まったくわからないんですよ」

「調べるのは、二人の泊まっていた旅館に、訪ねていった五人の画商のことだよ」

と、十津川は、いった。

五人の男女の画商の名前は、わからない。加藤と大久保の二人にきいても、教えないだろう。

十津川が、考えている相手は、あの二人が一カ月泊まっている旅館の女将だった。

十津川は、もう一度、女将に会うことにした。

女将は、二人を訪ねてきた、五人の男女の画商のことは覚えていたが、名前は、しらなかった。

そこで、十津川は、五人のなかで、一番印象が強く、顔の特徴を覚えやすかったひとりに、目標をしぼった。その人間の似顔絵を作ろうと、いうのである。

その結果、ひとりの男の似顔絵が、作成された。年齢は四十五、六歳。身長約百七十センチ、体重約八十キロ。でっぷりと太った中年男ということである。

次に、東京の捜査本部から『日本画商名鑑』という資料を送ってもらい、そこに載っている画商たちの顔と、見比べてみることにした。

すると、そこに、似顔絵とよく似た男の写真が、載っていることがわかった。

その画商の名前は、宮島直也（みやじまなおや）、四十八歳。現在、神田（かんだ）に住み、都内に三つの画廊を持っているという男だった。父親も画商だったが、すでに亡くなっていて、宮島は現在、妻と二人だけの生活を送っていた。

十津川は、高山で、まだ調べなければならないことがあるので、宮島という画商には、東京にいる、西本と日下の若い刑事二人に、話をきいてくるように命じた。

二人の刑事が訪ねていったのは、宮島が持っている三つのうちのひとつ、上野の駅前にある、画廊だった。

西本と日下が、訪ねていくと、その画廊では、

「現代日本を代表する三人の画家展」

をやっていて、何人かの人が、熱心にその絵を見ていた。

三人の画家のなかには、緒方幸太郎も入っていた。緒方幸太郎の作品は、三人展のなかでもっとも数が多く、西本が数えてみると、十点が展示されていた。

二人の刑事は、画廊の奥にある、事務室で、宮島に話をきいた。

「なかなか盛況ですね」

と、西本が、いうと、宮島は、嬉しそうに笑って、

「やはり、三人のなかに、緒方幸太郎が入っているのといないのとでは、大変な違いですよ。緒方幸太郎のおかげで、大勢の人が見にきてくれています」

「ほかの二人よりも、やはり緒方幸太郎さんは、人気が、ありますか？」

と、日下が、きいた。

「それは、かなり違いますよ。何しろ、高山で行方不明になった例の五百号の大作に、関心を持つ人たちが、今回の三人展に、きているんだと思います。お客さんは私に、緒方幸太郎の、五百号の大作は、見つかりそうですかと、必ずききますからね」

と、宮島が、いった。

「宮島さんは、高山にいかれていますね。向こうの旅館で、絵画の鑑定家の加藤敦さんと、大久保豊さんの二人に会っていますね？　宮島さんのほかに、全部で四人の画商さんが、この二人に会いに、高山にいかれたときいているんですが」

「はい。たしかに高山にいきました」

「宮島さんが高山にいったのは、加藤さんと大久保さんの二人に招かれたからですか？」

「そうです。加藤さんたちから、いまだに見つからない、緒方幸太郎の五百号の大作の件で、会いたいと電話をもらったので、高山にいきました。私のほかに、四人の画商と一緒です」

「それで、加藤さんと大久保さんの二人と、どんな話をしたんですか？」

と、西本がきいた。

「向こうで、一席設(もう)けていただきましてね。食事をしながら、何気ない調子で、あの二人の鑑定家が、話をしたんですよ。自分たち二人も、問題の、緒方幸太郎の絵を探すために、高山にきている。もし見つかって、競売にかけられたら、皆さんは、いったいいくらの値段をつけますかと、きかれました」

「いきなり、そんなことを、いわれたんですか？」

日下がきくと、宮島は笑って、

「たしかに、いきなりといえばいきなりですが、あの二人に呼ばれた時、緒方幸太郎の、五百号の絵のことで話し合いたい、ということでしたから、たぶん、いくらぐらいなら買うのかきかれるのだと思いました」

「それで、宮島さんは、いくらの値段をつけたんですか？」

と、西本がきくと、宮島は、

「それは、勘弁してもらえませんかね。私が、問題の絵を、いくらで買おうと思っているかがわかってしまうと、値段を吊りあげてこられる恐れがあるので」

「その時、加藤さんと大久保さんたちは、問題の絵が、すぐにも、見つかりそうなことをいっていませんでしたか？」

と、日下が、きいた。

「いや、あの時は、そういう感じはありませんでしたが、われわれ五人をわざわざ高山まで呼んで、今、問題の絵が見つかったらというようないい方をしたんですから、すでに、見つけていたのか、それとも見つかりそうだというのか、とにかく、あの二人は、自信を持っていると思いましたよ。同席していたほかの四人の画商も、あとで話し合ったら、私と同じように、感じていたみたいですよ」

と、宮島が、いった。

念のために、西本と日下は、宮島からその時一緒だった、ほかの四人の画商の名前と住所、電話番号などをきいた。

加藤たちは、日本全国から集まった画商といっていたが、東京が二人、そして大阪が三人という分布だった。やはり、画商といえば、大都会の東京や大阪でなければ、なかなか商売にならないのかもしれない。

西本から連絡を受けた十津川は、残りの四人の画商に連絡をとった。

四人は電話で、宮島と同じように、加藤と大久保の二人が、問題の絵がどこにあるのか、薄々しっているように思えたと証言した。

十津川は、さらにもうひとつの疑問をきくことにした。緒方幸太郎の娘、北川弥生がどこにいるのかについても、加藤と大久保の二人はしっているか、あるいは、想像がついているようだったかをきいてみた。

五人のうち、二人は、しっていると思うと答え、あとの三人は、五百号の大作について は、いろいろと想像がついたが、北川弥生のことは、わからなかったといった。

十津川は、さらに、もうひとつの質問もした。

「もし、加藤さんと大久保さんの二人が、問題の絵のある場所をしっているか、想像がついているとしたら、なぜ、皆さんを、わざわざ高山まで呼びつけて、思わせぶりに、もし今、問題の絵が見つかって競売にかけられたら、皆さんはいくらの値段をつけますかと、きいたりしたんでしょうか？」

と、十津川は、五人にきいてみた。

電話できいたのだが、十津川が、直接会いたいと思ったのは、五人の画商のうち、いちばん若い、女性の画商だった。

名前は、中里恵子。父親が持つ五つの画廊のうちの二つを、任されていたが、彼女自身は、画家でもあった。現在三十九歳。十年前は二十九歳である。

父親が有名な画商で、東京と大阪に、全部で五つの画廊を持っており、彼女は、東京で、父親から二つの画廊を任されて、しばしば個展を開いては、現在の日本の若い有望な画家を発見し、育てていた。

そんな中里恵子に、十津川は、わざわざ、高山から東京に戻って、会うことにした。

彼女に、話をきこうと十津川が思ったのは、北川弥生のことが、あったからである。

その際、部下の刑事のなかから、女性の北条早苗刑事を選んで連れていくことにした。女性刑事が一緒のほうが、中里恵子も、話しやすいだろうと、思ったからである。

中里恵子とは、銀座の画廊の事務室で会い、十津川が、高山に二人の鑑定家に会いにいったことをきくと、

「半ば強引に誘われたので、仕方なくいったんです。でも、正直いって、あまり興味はありませんでした」

中里恵子は、そんな、いい方をした。

十津川はまず、彼女のいい方に興味を持った。

「しかし、あなただって、緒方幸太郎さんという画家に、あるいは、彼が描いていた五百号の大作が、現在行方不明になっていることに、画商として、関心があったんじゃありませんか？」

「たしかに、少しは関心を持っていますけど、私は、ほかの画商の方とは違って、緒

方幸太郎という画家を、あまりというか、ほとんど評価していないんです」

　恵子が、ずばりと、いった。

（若い画商なのに、ずいぶん、思い切ったことをいうな）

　と、思いながら、十津川は、

「どうしてですか？」

「刑事さんも、ご存じと思いますが、緒方幸太郎という画家は、半分作られた画家なんです。十年前に、二人の鑑定家が、わざわざ大金を出して、パリから世界でも有名な画商のＬ・ホランドを呼んで、一芝居を打ったことが、あったでしょう？　その時、気まぐれに、Ｌ・ホランドが盛んに褒めたので、緒方幸太郎は、日本の、有望な画家のひとりになってしまいましたけど、私は、今もいったように、緒方幸太郎という画家を、あまり買っていないのです。確かに、綺麗な絵を描くんですけど、その絵に、趣きがないんですよ。十年前の件については、Ｌ・ホランドは、すでに亡くなりましたけど、おそらく、後悔しながら死んでいったんじゃないかと思います」

「それでも、あなたは高山にいって、二人の鑑定家に、会ったわけでしょう？　緒方幸太郎さんという画家に、あまり関心がないのに、どうしていったのですか？」

「そのことについては、喋りたくありません。でも、こんなふうに、問題が大きくなってくると、やっぱり、刑事さんに話しておいたほうが、いいかしら？」

「ぜひ話してください」

「今から十年前、二人の鑑定家が大金を出して、パリの、有名な画商L・ホランドを日本に呼んで、緒方幸太郎を有望画家に作りあげた。L・ホランドは、十日間の滞日のあと、慌ただしくパリに帰っていったんですけど、実は一日だけ、東京で、所在をくらませたんです」

「一日だけ行方不明？　それは、どういうことですか？」

「L・ホランドは、二人の鑑定家に招待されて、十日間、甘い休日を楽しんだり、日本で、一番有望な画家は、緒方幸太郎だといって、びっくりさせたりしたあと、十一日目に、成田からエールフランス機で、帰ることになっていたんです。二人の鑑定家も、私たちも、成田に見送りにいったんですけど、彼が、成田に現れなくて、予定された、飛行機には乗らなかったんです」

「自分のやっていることが、馬鹿馬鹿しくなって、一日早く、帰ってしまったんじゃありませんか？」

十津川が、いうと、恵子は笑って、

「とにかく、肝心のL・ホランドが、成田に姿を見せず、予定の飛行機には、乗らないのでは、見送ることもできなくて、私たちも仕方なく散会することにしたのです。しかし、そのあとで、Ｌ・ホランドは、実は一日長く、日本にいたことが、わかったのです。でも、どうして彼が、予定よりも、一日長くいたのかがわかりませんでした。日本の鑑定家に大金をもらって、馬鹿な芝居を打ったわけだから、そんな日本に、なぜ丸一日、長く留まっていたのか、誰にもわからなかったんです」

「それで、何があったんですか？」

「気になって、いろいろと調べてみたら、わかりました。Ｌ・ホランドは、大金をもらって、悪ふざけをしたわけですけど、本来の彼は、優秀な画商で、さまざまな国にいっては、その国の有望な新人画家を発掘してきた人だから、日本でも、悪ふざけをしながらも、本当に才能のある若い画家を、見つけようとしていたんじゃないかと、考えたんですよ。日本で見つけた、本当の天才画家に会うため、あるいは、その天才の絵を何とか手に入れるために、一日長く、日本に留まっていたんじゃないかと、考えたんです」

「なるほど。その答えは、見つかったんですか？」

今度は、北条早苗刑事が、きいた。

「二年前に、仕事で、父と一緒にパリにいって、向こうで、Ｌ・ホランドに会ったたんです。その時、彼から直接話をきいたんです。八年前に日本で、いちばん才能のある画家は緒方幸太郎だといわれましたけど、世界の画商らしく、日本でも本物の画家を探していたんでしょうときいたんです。そうしたら、L・ホランドは、日本でも見つけたといったんです」

「その天才が誰なのか、わかりましたか？」

十津川が、きいた。

「ええ、わかりました」

「L・ホランドが、正直に名前をいったんですか？」

「十年前、L・ホランドは、自分が褒めあげた緒方幸太郎の絵を、十点購入して、フランスに持ち帰ったといわれてましたけど、あれはもちろん嘘でした。世界的な画商が、嘘をついて褒めあげた緒方幸太郎の絵を、大事に持って帰るわけがありません。二年前に会った時、日本で本当にL・ホランドが苦労して、手に入れた絵を、見せてもらったんです。彼は、ひとりの画家の絵を五点買って、パリに帰っていたんです。彼は、その五点の絵を、自宅の書斎に、大事に飾っていました」

「それは、誰の絵ですか？」

と、十津川が、きいた。

「わかりませんか？」

恵子が、いたずらっぽい目で、十津川を見、北条早苗を見た。

「ひょっとして」

と、十津川が、いった。

「緒方幸太郎さんの娘の、北川弥生さんの絵だったんじゃありませんか？」

「刑事さんは、どうして、そう、思うんですか？」

恵子が、きく。

「十年前に、L・ホランドが日本にやってきて、ふざけて、緒方幸太郎さんの絵を、やたらに褒めあげたわけでしょう？」

「ええ、そのとおりです」

「といっても、何も見ずに、褒めあげるわけにはいきませんよ。だから、L・ホランドは、緒方幸太郎さんの代表的な絵を見たり、彼の制作風景を見に、高山の町でスケッチしているところなどを、見にいっただろうと思うんですよ。その時に、緒方幸太郎さんのそばに、娘の北川弥生さんがいたんじゃありませんか？　十六歳の弥生さんです。高校生の彼女が描いた絵を、L・ホランドは、見たのではないかと、思うのです。高校生の天才画家の絵です」

「やっぱり、刑事さんらしい推理だわ」

恵子が、にっこりして、

「そうです。二年前、私がL・ホランドの家の書斎で見たのは、間違いなく、北川弥生が描いた絵でした。彼は、高校生のその絵を、日本が生んだ天才の絵だと思い、注目したんです。ただ、彼女のほうは、まだ画家になる気がなかったから、次々に絵を描くということもなくて、L・ホランドは、パリで、新しい北川弥生の絵を期待しながら、待っていたのに、結局手に入らなくて、残念に思いながら亡くなったと思うんです」

「あなたは、お父さんも画商をやっているわけでしょう？　画商のあなたから見て、あるいは、あなたのお父さんから見て、北川弥生さんは、やはり、天才の画家だと思いますか？」

十津川が、きいた。

「ええ、彼女は天才です」

「北川弥生さんが今、どこかで絵を描いているか、そのことは、しっていますか？」

「その噂は、私の耳にも入ってきています。それで、どんな絵を描いているのか期待して待っているんです。父親の絵は、綺麗だけど平凡な絵でしたが、娘の絵は、間違いなく天才の絵です。その彼女が、今どんな絵を、何のために描いているのか、今すぐにでもしりたいし、描き終わった絵がどんなものなのか、ぜひ見たいと思っています」

「今、北川弥生さんは、どこにいると、思いますか?」

と、十津川が、きいた。

中里恵子は、すぐには答えず、しばらく考えていたが、

「たぶん、高山の町のなかのどこかにいると、思っています」

「どうしてですか?」

「一度だけですが、以前、彼女に会って、話をしたことがあるんです。彼女は、父親の、緒方幸太郎のことを尊敬しているんです。ですから、緒方幸太郎さんが亡くなった高山の町を、離れることはないと、思うんです」

「それで、どんな絵を、描いていると思いますか? 北川弥生さんは、祖母に対して、自分も絵を描くと宣言して、姿を消したんですが」

「ええ、そのこともきいています。彼女が、どんな絵を描くのかはわかりませんが、私もひとりの画家として、それを、楽しみにしているんです」

と、恵子がいった。

「加藤敦と大久保豊の二人は、北川弥生さんが、どこで絵を描いているのか、しっているると思いますか？」

北条早苗がきいた。

「おそらく、高山のどこかにいるとは、思っているでしょうが、正確な場所はしらないし、どんな絵を描いているのかも、しらないと思います。ただ、あの二人は、北川弥生が絵を描きあげれば、姿を現すと思っているでしょうね」

「緒方幸太郎さんの問題の五百号の絵ですが、今、どこにあると、思いますか？」

「はっきりとはわかりませんが、おそらく、北川弥生のそばにあるのではないかと、思います」

「どうしてですか？」

「緒方幸太郎は、五百号の大作を、下呂温泉の〈水明館〉の特別室をアトリエとして使わせてもらって、そこで、描いていたんです。その絵が突然なくなったんです。それをできるのは、緒方幸太郎に、アトリエを提供していた旅館のオーナーか、女将さんでしょう。でも、そんなことをして、オーナーや女将さんには、何の得にもなりません。もうひとりできるのは、緒方幸太郎本人です。たぶん、カンバス台から外して、丸めて、持ち去ったんだと思います。そして、娘の北川弥生に渡したんでしょう。そうならば、間違いなく、問題の絵は今、北川弥生のそばにあるはずです」

「もうひとつ、おききしたいことがあるんですよ」

「何でしょう？」

「これは、あなたにふさわしくない質問かもしれませんが、緒方幸太郎さんは、高山の屋台会館のなかで、殺されました。誰が殺したと、思いますか？」

十津川は、相手の答えを、期待することなくきいた。

しかし、中里恵子は、ためらうこともなく、はっきりと答えた。

「私は、間違いなく、加藤敦と大久保豊が、殺したと思っています」

そのはっきりとしたいい方に、十津川は、驚きながら、

「どうして、そう、思うんですか？」

「理由は、二つあります。あの時点で、緒方幸太郎という画家を、殺す理由を持っていたのは、あの二人の、鑑定家しかいないからです。あの二人は、緒方幸太郎本人が、自分の絵を持ち出したと考えて、それを、取り戻そうとしたのだと思うのです。緒方幸太郎は、それを拒否した。それで、加藤敦と大久保豊の二人は、緒方幸太郎を殺したんです」

「もうひとつの理由は、何ですか？」

北条早苗が、きいた。

「これは、あの二人だけの、個人的な理由ですけど、彼らは手を尽くして、緒方幸太郎の絵の値段を、高くしていきました。その後、さらに絵を高くするためには、彼を殺して、これから先、新しい絵を、描けなくしてしまうことです。あの二人なら、そのくらいのことはやるだろうと思いますけど、これはあくまでも私の勝手な想像ですから、何の証拠もありませんよ」

といって、恵子が、笑った。

3

北川弥生が失踪してから、ちょうど二カ月が、経過した。

高山市内でも、下呂温泉でもない、東京台東区内のマンションの五〇二号室から、まず、十津川たちの東京の捜査本部に午前十時に、突然、若い女性の声で電話が入り、

「私は、北川弥生です。今日の午後三時ジャストに、東京台東区上野の台東コーポレーション五〇二号室で、記者会見を開きます。関心があれば、おいで下さい」

それだけいうと、電話は切れてしまった。

各新聞社の、こちらは学芸部に、同じような電話が入った。

その日の午後三時になると、上野のマンションの五〇二号室に、記者たちが集まった。

そのなかに、警視庁捜査一課の十津川と、亀井の顔もあった。

2LDKの部屋をぶち抜いて、そこに、五百号の絵が、二つ置かれてあった。

ひとつは、緒方幸太郎が描いた高山祭の例の大作であり、もう片方は、若い北川弥生が、二カ月かけて描いた、これも、高山祭の絵である。

北川弥生は、集まった学芸部の記者たちに向かって、

「亡くなった父の緒方幸太郎から、自分の絵が正当な評価を受けるためには、若いお前が描く、同じ五百号の高山祭の絵が必要だといわれていたので、私は、一カ月かけて、この絵を描きました。途中までは、下呂温泉のなかの秘湯といわれる、奥下呂の小さな旅館で描いていました。その小さな旅館は、私の母と、父がそっと愛をはぐくんでいたという旅館でした。しかし、その旅館は、いつの間にか、加藤、大久保の二人の監視下におかれてしまいましたので、旅館のご主人もろとも、引っ越すことになりました。ご主人たちは、旅館の仕事そのものをやめてしまいましたが、私は、上野

のこのマンションに移って、父と約束した絵を描き続けました。

二つの絵は、ひとつは父のものであり、ひとつは私のものです。父は『私の絵は、さまざまな汚れがしみついてしまって、正当な評価に戻すためには、若いお前の絵と並べるしか方法がない』といっていました。父の言葉が正しいかどうかはわかりませんが、しばらくの間、二つの絵を並べて、鑑賞して下さい」

北川弥生の願いを生かすために、十津川は、マンションの五〇二号室を監視下においた。北川弥生は無料で、観賞させるが、誰にも、絵は渡さないことにしたという。

加藤敦と大久保豊の二人は、あわてて、マンションにやってきたが、十津川は、二人を緒方幸太郎殺害容疑で、逮捕してしまった。

二つの絵は、一カ月間マンションに置かれたあと、緒方幸太郎の絵は、下呂温泉の旅館、〈水明館〉に寄贈され、北川弥生の絵は「日本絵画展」に出品された。

〈水明館〉では、戻ってきた緒方幸太郎の絵を見たくて、旅館を訪れる客が、一・五倍に増えたといわれた。

しかし、二つの絵は、常に比較して、見られるようになった。

緒方幸太郎の絵は、絵にまつわるエピソードのせいで人気は高くなったが、北川弥生の、華やかで革新的な絵と常に比べられて、いかにも平凡な絵というのが、定評になっていった。

加藤、大久保の二人の鑑定家の宣伝にもかかわらず、億単位の値段はつきそうもなかった。

一方、北川弥生の絵は、出品された「日本絵画展」で、大賞を受賞し「最近の日本絵画の一番の収穫」と、激賞された。

二つの絵は、その後も、常に並べて比較された。

パリから、急遽来日した画商のL・ホランドの娘は、北川弥生の絵を激賞し、亡くなった父親が、以前から、若い北川弥生の才能を認めていたので、来年には、パリで、北川弥生の個展を開きたいといった。

「父は、生前から、北川弥生の絵を、日本画壇を背負うことになると、高く評価しておりました」

これが、彼女の言葉だった。

本書は、双葉社より二〇一六年五月新書判で、一八年七月文庫判で刊行されました。

なお、本作品はフィクションであり、実在の個人・団体などとは一切関係がありません。

高山本線の昼と夜

一〇〇字書評

切り取り線

購買動機（新聞、雑誌名を記入するか、あるいは○をつけてください）	
□（　　　　　　　　　　　　）の広告を見て	
□（　　　　　　　　　　　　）の書評を見て	
□ 知人のすすめで	□ タイトルに惹かれて
□ カバーが良かったから	□ 内容が面白そうだから
□ 好きな作家だから	□ 好きな分野の本だから

・最近、最も感銘を受けた作品名をお書き下さい

・あなたのお好きな作家名をお書き下さい

・その他、ご要望がありましたらお書き下さい

住所	〒				
氏名		職業		年齢	
Eメール	※携帯には配信できません	新刊情報等のメール配信を 希望する・しない			

この本の感想を、編集部までお寄せいただけたらありがたく存じます。今後の企画の参考にさせていただきます。Eメールでも結構です。

いただいた「一〇〇字書評」は、新聞・雑誌等に紹介させていただくことがあります。その場合はお礼として特製図書カードを差し上げます。

前ページの原稿用紙に書評をお書きの上、切り取り、左記までお送り下さい。宛先の住所は不要です。

なお、ご記入いただいたお名前、ご住所等は、書評紹介の事前了解、謝礼のお届けのためだけに利用し、そのほかの目的のために利用することはありません。

〒一〇一‐八七〇一
祥伝社文庫編集長　清水寿明
電話　〇三（三二六五）二〇八〇

祥伝社ホームページの「ブックレビュー」からも、書き込めます。

www.shodensha.co.jp/bookreview

祥伝社文庫

高山本線の昼と夜

令和 4 年 3 月 20 日　初版第 1 刷発行

著　者　西村 京太郎

発行者　辻　浩明

発行所　祥伝社

東京都千代田区神田神保町 3-3
〒 101-8701
電話　03（3265）2081（販売部）
電話　03（3265）2080（編集部）
電話　03（3265）3622（業務部）
www.shodensha.co.jp

印刷所　堀内印刷
製本所　ナショナル製本

 ISBN978-4-396-34796-3 C0193